CONCHA ÁLVAREZ (Linares, Jaén, 1971) es diplomada en graduado social y una apasionada de la literatura, su afición y su vocación. Desde hace trece años reside en Sevilla y, desde entonces, está volcada en el mundo de la literatura en general, y de la literatura histórica y romántica en particular. Ha sido ganadora y finalista de varios concursos de relatos, y ha publicado el libro *Descubre tu país*, libro de lectura infantil para primaria para el curso 2011-2012, así como los relatos *Voces ajenas*, *La casa de los ladrillos rojos*, *La casa* y *La sobrina del vicario Willians Clarens*. Imparte un taller de iniciación a la creación literaria, orientado a todos aquellos que quieren dar el salto de la lectura a la escritura. Trabaja desde hace varios años impartiendo talleres a personas disminuidas y mayores.

conchaalvarez.blogspot.com.es
Facebook: *@concha.alvarez.39*
Twitter: *@Conchalvarez.*

1.ª edición: septiembre, 2016

para el sello B de Bolsillo
Consell de Cent, 425-427 - 08009 Barcelona (España)
www.edicionesb.com

Publicado originalmente por B de Books para Selección RNR

Printed in Spain
ISBN: 978-84-9070-310-6
DL B 20086-2016

Impreso por NOVOPRINT
Energía, 53
08740 Sant Andreu de la Barca - Barcelona

Una imperfecta flor inglesa

CONCHA ÁLVAREZ

A mi esposo, José Antonio, y a mi hija, Nerea.

1

Primavera de 1855, Londres

Elena dejó de cantar una canción irlandesa cuando escuchó cómo su tío entraba en el salón de música. La voz de la muchacha era embriagadora. Cada vez que Troy contemplaba el pelo dorado y los bellos ojos verdes de su sobrina veía a Victoria, la madre de Elena, y la mujer que amaría siempre. Huir de ella fue la estupidez más grande que cometió en su juventud. A causa de un descuido infantil, una vela prendió las cortinas de la mansión MacGowan y en el incendio su hermano, Robert, y Victoria perdieron la vida. Gracias a uno de los criados, Elena se salvó, no sin pagar un gran precio. Observó la belleza marchita de su sobrina. Las quemaduras de su mentón descendían hasta el hombro. Durante los cambios de estación se la veía dolorida y siempre utilizaba vestidos abotonados hasta el cuello. Lamentó que fuera él quien tuviera que comunicarle la decisión que Rosalyn le había obligado a tomar. Se había casado con ella por despecho, en un arrebato de insensatez del que se arrepentía cada día de su existencia. Elena se levantó del taburete del piano y se enfrentó a su tío, que rara vez le prestaba atención.

—Buenos días. —La joven se alisó las arrugas de la falda del vestido gris que le otorgaba un aspecto mucho más triste y sin gracia.

—Elena... —Durante un instante, la miró más allá de la realidad, como si viera a un fantasma. Su sobrina retiró la mirada, incómoda—. Tengo algo que comunicarte, aunque si estás ocupa... —La voz estridente de Rosalyn anunció su llegada.

—Eres lord MacGowan, ¿por qué pides permiso para hablar? —Troy apretó los puños para controlar la ira, pero Rosalyn suavizó el discurso—. Amor mío, debes acostumbrarte a tu título. —Los músculos faciales de su esposo se relajaron.

—¿Qué queréis decirme?

La muchacha cerró la tapa del piano con lentitud, con la única intención de recuperar un poco de entereza. La mirada victoriosa en el rostro de su tía no presagiaba buenas noticias.

—Debes marcharte de esta casa —le anunció Troy. Elena se agarró al piano para evitar sentarse de nuevo por la noticia—. Ya has cumplido la mayoría de edad y hemos pensado que sería mejor que vivieras con la señora Turquins, era prima de tu madre, es viuda y necesita de compañía. Tus... —dijo, y señaló su rostro— quemaduras no te ayudarán a encontrar un marido y espantarán a futuros pretendientes de tu prima.

Troy le había planteado con claridad expulsarla de su propia casa. Las heridas la obligaban a mantener una postura rígida. En cambio, su tío se paseaba por la habitación con inquietud ante la mirada avizora de Rosalyn.

—¿Por qué? —preguntó, consciente de que nada de lo que argumentara se tendría en cuenta. No entendía en qué perjudicarían sus quemaduras a Virginia—. Ni siquiera asistiré a los actos sociales donde acuda mi prima —propuso esperanzada.

—¡Por Dios! No lo hagas más difícil. —Los ojos de su tío se mostraban avergonzados por la decisión. En ese instante, su parecido con Robert fue evidente y mucho más doloroso para Elena.

La joven conocía muy bien las ganas de Rosalyn por desprenderse de ella. Para esa mujer era un recordatorio perpetuo de lady Victoria. Toda la sociedad londinense la comparaba con su madre, y en la comparación siempre salía perdedora. Con los años se convirtió en una herida enquistada que ahora sanaría arrojando a la calle a la hija de su eterna competidora. Nada de lo que Troy dijera la convencería de que tomara otra decisión.

—¿Qué voy a hacer? —susurró ante la incertidumbre por el futuro.

—Eres una joven preparada, tu tío te ha conseguido un lugar donde vivir. Si no es de tu agrado puedes buscar un empleo como dama de compañía o institutriz —agregó Rosalyn con una malsana sonrisa de triunfo. Miró a su sobrina y se ahuecó el cabello con una mano huesuda repleta de anillos.

—Seguro que sí —respondió, y apretó los dientes.

En el fondo ambas mujeres sabían que nadie en Londres la contrataría. ¿Quién querría un monstruo como ella para ser una dama de compañía o institutriz de sus hijos?

—Ninguna MacGowan trabajará para ganarse el sustento —sentenció Troy, al menos, eso se lo debía a Victoria.

Rosalyn acató la decisión, pero en sus ojos se apreció el odio que sentía. Troy tendría una dura pelea que no ganaría, aunque ninguna de las consecuencias que derivaran de esa orden le impediría cumplir la promesa de mantener a su sobrina.

Elena asintió con una inclinación de cabeza. Conocía muy bien a Rosalyn, no le pasaría un centavo si se empeñaba en ello. Tenía ganas de gritar, de decirles a esos dos que ella era la auténtica lady MacGowan, la única heredera de esa casa. Nadie la desterraría como si fuera una apestada a un lugar perdido en medio de la nada. Contuvo las ganas de llorar al recordar aquellos espantosos días tras el incendio. Era la responsable de la muerte de sus padres. Durante mucho tiempo las pesadillas le impidieron dormir. Aún revivía aquella noche. En el instante en que la vela prendió las cortinas su mundo se deshizo como una fina capa de hielo en primavera. La sonrisa cínica de Rosalyn y sus mejillas maquilladas le daban un aspecto vulgar. Se dijo que una verdadera MacGowan no rogaría, no dejaría que la vieran humillada y hundida.

—Dispones de un mes para organizar tu nueva vida —le anunció con satisfacción.

Su tía se puso en pie, el encaje de las mangas le cayó como una cascada de algodón sobre el regazo. La forma colorida y recargada de vestir contrastaba con el aspecto sombrío y discreto de Elena. La mujer observó con malicia a la chica cuya belleza tanto prometía. Se alegró de que el destino hubiera concedido el puesto que le correspondía a su hija, Virginia. Carraspeó dos veces antes de anunciar que la reunión había concluido.

—Yo... —Troy intentaba decir unas palabras.

—Troy, ¿no me acompañas?

—Por supuesto, querida, ahora mismo.

Su tío no se asemejaba en nada a su padre, quien jamás hubiera permitido que una mujer como Rosalyn desempeñara el puesto de lady MacGowan. Durante un buen rato permaneció inmóvil en la habitación. El día dio paso a la noche y las sombras se extendieron por los rincones del cuarto, Elena se entremezcló en ellas con la esperanza de desaparecer.

Al día siguiente despertó con la intención de hacer valer sus derechos. No se dejaría vencer sin batallar. Dedujo que su padre habría acudido a los mejores abogados de Londres. Salvo alguna libra, carecía de dinero, aunque esperaba que George Harrington, el letrado y antiguo consejero de su padre, la asesorara sin pedir nada a cambio. A primera hora de la mañana se escabulló de la casa sin que la viera ninguno de los criados. Anduvo hasta el despacho de Harrington & Pearce asociados, temerosa por el rumbo desastroso al que se encaminaba su vida. En la puerta la recibió un joven al que entregó una tarjeta de visita. Si le extrañó que una dama sin compañía solicitara una cita con su jefe se guardó mucho de demostrarlo. La hizo pasar a una sala donde varias estanterías de libros encuadernados en piel roja y verde se habían ordenado de forma escrupulosa y metódica. El joven letrado se sentó tras un escritorio, mojó la pluma en un tintero y comenzó a trabajar. El hecho de que la ignorara la tranquilizó.

—¡Querida! —dijo un hombre algo más envejecido de lo que ella recordaba que le sonreía desde una de las puertas de la sala.

La muchacha se acercó al antiguo amigo de su padre. La cogió de las manos y la hizo entrar a un despacho luminoso gracias a varias ventanas de las que colgaban grandes cortinas verdes. Un enorme escritorio de madera envejecida estaba casi cubierto por pilas de papeles. Harrington se ajustó los anteojos a la nariz, la condujo hasta un sillón de piel marrón algo desgastado y esperó a que se sentara.

—Señor Harrington... —El abogado acalló sus palabras.

—No hace mucho nos tuteábamos, llámame George —pidió con una sonrisa.

—George... yo...

—Vamos, pequeña —la animó, y le dio un par de palmadas cariñosas en las manos al ver que le resultaba difícil hablar—, ¿a qué has venido?

—Mis tíos me han pedido que me marche —consiguió pronunciar—, dicen que no soy bienvenida en su casa.

El abogado comenzó a pasearse por la habitación. Durante un instante, el silencio se apoderó de la estancia. Elena miró una mesa de patas torneadas, algo que desaprobaría la reina, de un suave color caoba. El mueble la distrajo durante el tiempo que Harrington se mantuvo pensativo.

—No podrás evitarlo —sentenció el abogado, y sus palabras le sonaron como una condena.

—¡Creí...!, ¡Dios!, ¡es mi casa! —exclamó con la esperanza de que el letrado solucionase el problema por arte de magia.

Se sentía derrotada, había pensado con una ingenuidad infantil que allí encontraría la ayuda que necesitaba y escuchó una realidad mucho más fría y desalentadora de lo esperado.

—Lo siento, Troy es el heredero. Sin hermanos varones, tu tío pasa a ser lord MacGowan. Ningún tribunal sentenciará lo contrario.

—Entonces..., ¿puede echarme de mi casa?

—Puede —afirmó con voz ronca—. Deberías barajar otras opciones, dado tu estado. —El abogado carraspeó incómodo un par de veces y cogió de nuevo las manos de la muchacha—. Un casamiento puede ser difícil en tu situación. —La joven se puso rígida—. Careces de una dote y tu posición en la familia MacGowan se ha debilitado mucho. Además, tus quemaduras pueden ser algo disuasorio para contraer un matrimonio ventajoso. —Hizo una pausa y luego continuó—: Siempre puedes buscar un esposo en América, allí las mujeres de cualquier tipo son muy apreciadas —le recomendó.

—Gracias por los consejos —se apresuró a decir, humillada por una opinión tan franca del antiguo consejero de su padre.

Se puso en pie y se ajustó el chal en los hombros. Su

orgullo había sufrido un revés. La opinión de Harrington le reveló una verdad tan inequívoca que se quedó sin palabras por la humillación.

—Elena... —George había visto el dolor reflejado en los ojos de la joven.

—Buenos días —dijo con la barbilla alzada. Se marchó de la habitación sin esperar las palabras compasivas del abogado.

Necesitaba aire para respirar; la desesperación la cegaba. Consideró que Harrington solucionaría su problema como si fuera un caballero de resplandeciente armadura. En su lugar, la había entristecido aún más al recordarle lo que no tendría jamás: una familia, unos hijos y un hogar.

En el camino de regreso a casa cerca de West End, Elena no vio el carruaje que venía a toda velocidad en dirección opuesta. Tan solo escuchó unas maldiciones, el relinchar de un caballo y su propio grito. El animal se encabritó lo suficiente para alzar las patas delanteras, mientras el conductor intentaba no atropellarla. La joven perdió el equilibrio y cayó, se golpeó la cabeza con uno de los adoquines y el dolor la dejó aturdida. De pronto, la rodearon dos hombres; uno le sonreía con unos ojos azules llenos de preocupación y le tocaba la cabeza para asegurarse de que no estaba herida, el otro la culpaba de lo ocurrido. Sus ojos negros la miraron con desprecio como si fuera escoria. Había perdido el sombrero y dejado al descubierto las quemaduras de su mentón. Intentó taparse, pero las miradas curiosas de la gente la cohibieron y fue incapaz de anudar el lazo que lo sujetaba.

—Señorita, ¿se encuentra bien? —le preguntó el joven de ojos azules.

—Sí... —respondió algo turbada por las miradas de la gente. El joven amable le anudó el sombrero a la cabeza.

Elena se lo agradeció con la mirada, por una vez no había visto asco ni compasión en los ojos de alguien.

—¡Está ciega! —Su compañero la cogió con rabia de los hombros hasta levantarla. La zarandeó con fuerza y de nuevo el sombrero se desató y cayó al suelo—. ¡He podido matarla! *Gāisĭ! Zhèng shì wŏ xūyào jīn wăn!* —gritó, y se contuvo al observar los ojos más hermosos que nunca había visto; sin embargo, las quemaduras de la joven le impidieron hablar.

—Lo siento yo... —intentó disculparse ante el hombre de ojos negros que la sujetaba con fuerza. Sus manos le causaban dolor, sobre todo en el hombro con cicatrices. Había sido una estúpida al cruzar sin mirar.

—¡Basta! ¡Laramie! —El joven de ojos azules agarró el brazo de su compañero. Por la expresión del rostro de la muchacha comprendió que la estaba asustando y que no había entendido nada de lo que le había dicho.

—No tenemos todo el día —dijo disgustado Laramie—. Necesito un trago y buena compañía, no perder el tiempo en tontas muchachas.

Elena se sorprendió por tan rudo comportamiento. El tal Laramie tenía un aspecto cuidado y un porte soberbio. Además, arrastraba al hablar la letra ese de una forma atrayente, parecía extranjero y, por sus ropas, miembro de alguna familia adinerada. En cambio, sus modales eran los de un rufián del puerto.

—Laramie, no seas maleducado, la señorita no entiende el chino. —Tendió la mano a la joven—. Esta dama necesita de nuestra ayuda y has estado a punto de atropellarla con tu coche.

—Ella no miraba por dónde iba —se defendió su amigo, y desvió el rostro de la joven—. *C'est de sa faute* —añadió en francés sin dejar de mirar con impaciencia a la muchacha.

—Eso no justifica que la dejemos aquí. Al menos la llevaremos hasta su casa para asegurarnos de que está bien.

Elena comprobó por el furibundo gesto del hombre que las palabras de su amigo le habían molestado al dejar en evidencia unos pésimos modales.

—No será necesario —aseguró ella, pero se sentía mareada, las noticias del abogado y la rudeza de ese hombre la habían dejado sin fuerzas.

—Ya has escuchado a... —dijo Laramie, y señaló a la chica—. No necesita nuestra ayuda.

—De ningún modo —insistió Charles, recogió el sombrero y se lo entregó—. Mi nombre es Charles de Chapdelaine y él es el conde Laramie Devereux, ¿usted se llama?

—Elena —omitió decir su apellido.

Cuando pronunció su nombre, observó en el conde una mirada de compasión. Comprendió que conocía el significado. El destino era cruel y el suyo se reía de ella por llamarse «la más bella». No supo qué le extrañó más: que ese patán con ropa de caballero entendiera el significado del nombre o la lástima que apreció en sus ojos.

—Señorita, no se hable más —sentenció Chapdelaine sin mencionar la falta de apellido—, la acompañaremos a casa. —Elena exhibió en su rostro el desconcierto, no subiría a un carruaje sin compañía de otra mujer y Charles se dio cuenta—. No se preocupe, soy médico y usted desde este instante es mi paciente —la tranquilizó.

Elena asintió con una tímida sonrisa.

—¿Cuál es la dirección? —terminó por claudicar Devereux.

Alzó la cabeza para verle el rostro. Presentaba un gesto severo, adusto y tan atractivo como los protagonistas que aparecían en algunas de las novelas de aventuras que tanto le gustaba leer. Por su parte, Laramie se juraba que jamás había visto unos ojos tan verdes en un semblante cuya belleza habría sido extraordinaria, de no pertenecer a esa joven con quemaduras.

—El 109 de Trafalgar Square —dijo Elena cuya voz removió las entrañas de Devereux. Esa muchacha poseía una voz angelical, algo que lo incomodó lo bastante para mostrar un gesto mucho más hosco y belicoso.

—Un lugar muy elegante.

Devereux alzó una de las cejas. Quizá esa chica con voz de ángel fuera una criada, aunque sus modales eran los propios de una dama.

—Cada vez es menos elegante —respondió con altanería Elena.

Solía ignorar las miradas compasivas o despreciativas de la gente, pero ese día necesitaba enfrentarse a alguien para acallar sus miedos. Ese hombre le parecía una diana perfecta para deshacerse de parte de la rabia que la carcomía por dentro.

—¿A qué se refiere? —preguntó casi con desconcertante inocencia infantil.

—Al dinero, señor Devereux. El exceso suele ser un enemigo de la elegancia.

Charles se rio de las palabras irónicas de Elena y de la cara de asombro de Laramie. Abrió la portezuela del carruaje y la ayudó a entrar. Con un gesto indicó a Devereux que subiera al pescante. El hombre se encaramó de un salto y espoleó los caballos con rabia.

—Perdone a mi amigo —se disculpó Chapdelaine, y el coche se puso en marcha—. Ha tenido una mala noche con las cartas y está de mal humor.

—No importa, aunque me ha extrañado su...

—¿Manera de hablar o de comportarse? —le dijo Charles con una sonrisa.

—Las dos cosas. Debo confesarle que es una mezcla extraña.

Laramie escuchaba la conversación de ambos y la furia se adueñó de él. Esa mujer no era nadie para juzgarlo.

—Debe disculparlo, es francés.

—Entonces, eso lo explica todo.

Al oírla, Charles rio de nuevo. Elena se sentía a gusto con Chapdelaine, desde hacía mucho tiempo no bromeaba con nadie.

—¡Hemos llegado! —anunció Devereux con un tono cortante como el que usaba con sus hombres cuando cometían algún error en su barco.

El coche se detuvo ante una impresionante casa de

piedra blanca y tejados de pizarra. Numerosas ventanas daban fe de la grandiosidad de una de las mansiones más majestuosas de Inglaterra. El conde la ayudó a bajar del coche, cuando su mano tocó la suya ambos se miraron con una extraña intensidad. En ese instante sintió que se había ganado la enemistad de ese hombre.

—Gracias... —dijo algo cohibida e intimidada por aquella manera de mirarla.

—Esto es por las molestias. —Elena se vio con unas cuantas monedas en la mano—. Un caballero francés siempre paga los errores que comete.

—Una dama inglesa, también. Además, como dijo ha sido mi culpa —contestó ofendida e intentó devolverle el dinero.

El conde le apretó la mano con la suya para evitar que soltara las monedas. Le gustó que comprendiera su idioma. Luego, se acercó a ella como ningún otro hombre lo había hecho. Su cercanía la perturbaba. En cambio, le agradó el olor de su perfume mezclado con el fuerte aroma a ron y tabaco que desprendía Devereux.

—Ambos sabemos que no soy un caballero y dudo de que seáis una dama, al menos, no una perfecta rosa inglesa.

El comentario hiriente provocó en Elena ganas de abofetearle. En un arranque de rabia arrojó el dinero al suelo. Había soportado mucho desde la muerte de sus padres y ese despreciable francés no la alteraría lo bastante para dejar de comportarse como una MacGowan. Le dio la espalda y se marchó con toda la altivez y orgullo del que disponía. Aquellos ojos negros la habían juzgado como mujer y la habían hallado imperfecta. En el fondo, ese hombre tenía razón, nunca sería una rosa inglesa, pero tenía el mismo aroma, ternura y deseo de cualquiera de ellas. Las lágrimas brotaron sin poder evitarlo.

—Laramie, ¿qué le has dicho a la chica?

Charles miró cómo se alejaba deprisa. Imaginó al ver las monedas en el suelo que mientras ataba los caballos, Devereux la había ofendido. Laramie era un hombre leal, con un sentido del honor marcado a fuego en su mente, pero en cuestión de mujeres era un lerdo y carecía de escrúpulos. Buscaba en el sexo opuesto la belleza y satisfacer el propio placer, nunca pensaba en el amor y lo que supondría la compañía de una mujer inteligente en su cama. Algún día, se dijo, mirando cómo Elena atravesaba la puerta de entrada de aquella casa, el amor le cobraría una gran factura, esperaba que Laramie tuviera suficientes fondos para pagarla.

—La verdad, mi joven amigo. —Laramie observó el andar erguido de la muchacha, la postura impecable de una mujer de clase y se arrepintió de sus palabras. Su madre no le hubiera perdonado su crueldad y dudaba de que él se la perdonara algún día—. Ahora sí necesito ese trago y a una mujer, aunque no sé en qué orden.

Charles sonrió y esa vez fue él quien tomó las riendas del coche.

2

El camino hasta el burdel más exótico de Londres lo realizó el conde Devereux pensando en la muchacha de mirada penetrante y voz de ángel. Se obligó a que antes de llegar al muelle sus pensamientos se centraran en las noticias que había recibido de China. Tarde o temprano se desencadenaría una guerra, aunque los comerciantes de opio deseaban un tratado. Los británicos exigían desmesuradas normas a un país asfixiado por un acuerdo abusivo en el que se beneficiaba a una de las partes, y no era a los chinos. Compañías como la de Roger Matherson deseaban extender sus tentáculos por cada rincón del país y crear un monopolio que ni China ni él aceptarían. Laramie era defensor del comercio legal y comprendía la preocupación de la familia real china por los ciudadanos de su país. El consumo había llegado demasiado lejos. En su desesperación, el emperador escribió una carta a la reina Victoria que entregó al embajador inglés, quien se ocupó de que no llegara a manos de la soberana. Todos sabían que Henry Rogester era amigo personal de Matherson, un hombre sin escrúpulos al que le rodeaba un halo de misterio. Gracias al dinero frecuentaba los círculos selectos de Londres, conocía secretos que aprovechaba en propio beneficio y chantajeaba a aquel que tuviera la desgracia de caer en sus redes. Roger le propuso asociarse con él, al negarse se ganó un poderoso competidor y un posible enemigo. Creía que ese hombre lo odiaba por algo más que desconocía. Veía en sus ojos un rencor evidente que lo hacía mantenerse alerta cada vez que se encontraban. Laramie comerciaría con opio mientras el negocio fuera legal; prefería trabajar con vino, té y sedas antes que con ese lucrativo y a la vez sangrante comercio. La cuota de barcos permitida para el comercio de opio no siempre era suficiente para hombres ambiciosos como Matherson. En el negocio, todos sabían que Roger disponía de varias fragatas que se dedicaban al contrabando, de esa forma doblaba las importaciones de opio que llegaban a Inglaterra. Quería todas las que pudiera conseguir, y el conde poseía una flota que conectaba los puertos importantes desde China hasta América. Laramie nunca más usaría su nombre ni sus barcos para hacer contrabando, esa vida la había dejado atrás y no volvería a ella. El coche se detuvo en uno de los London's Docklands. A lo lejos divisó uno de sus barcos, un bergantín llamado *Antoinette*, como su madre. El barco había traído de China un cargamento de té, seda y porcelana que cobraría en plata, nunca lo hacía de otro modo. En su vida de piratería había aprendido del mejor, John Walker, quien en sus transacciones siempre exigía el oro o la plata como pago por las mercancías. Laramie y Charles se bajaron del coche y ambos subieron por la pasarela a un barco con un gran rótulo dorado en el que habían pintado la palabra «Paradise». Era un viejo navío al que habían dado una mano de pintura y colocado unas velas nuevas. Se trataba del burdel más caro de Inglaterra, donde jugar a las cartas, beber y fornicar hasta el amanecer. Laramie pensó que una copa sería lo primero que tomaría.

—Caballeros —dijo una mujer madura en cuanto posaron los pies en la cubierta del barco.

—*Madame* —respondió Charles con una sonrisa—, cada día está más bella.

—Sois un adulador y un hombre muy atractivo —contestó con picardía la dueña del burdel. Se tocó el pelo con un movimiento que liberó sus pechos aprisionados en el corsé.

—Quiero una copa y no una conversación con esta vieja zorra —interrumpió Laramie, enojado.

Se sentía molesto consigo mismo por haberse comportado como un patán con la chica de ojos verdes y ahora hacía lo mismo con la *madame*. Charles le recriminó el comentario con una mirada reprobatoria.

—Por supuesto —se apresuró a decir la *madame*, acostumbrada a los insultos de los clientes.

El mayor de los dos no era asiduo de la casa. Se notaba que no era un caballero, al contrario que el joven médico, que sí la había visitado más de una vez en compañía de alguno de sus amigos universitarios. Observó al hombre de los ojos negros con una simulada sonrisa, él le devolvió la mirada teñida de asco. Esperaba algún día concederle el mismo trato. Dio dos palmadas y una chica morena vestida con un corsé rojo y unas esbeltas piernas apareció ante ellos.

—Jane, acompaña a estos caballeros al salón —le ordenó con dulzura.

—Sí, *madame* —contestó la chica con una inclinación de cabeza que mostró un bello rostro juvenil.

—Eres muy hermosa —dijo Laramie a la joven prostituta. La muchacha lo miró con una sonrisa. La agarró del talle, la besó en los labios y al hacerlo recordó la boca carnosa y sensual de la chica a la que casi había atropellado. No entendía por qué le venía a la mente la joven de las quemaduras, quizá los ojos verdes de la prostituta le recordaron a la muchacha. El remordimiento por cómo la trató lo obligó a soltarla—. Primero esa copa, después acudiré a tu cama.

El salón en el que habían convertido varios camarotes del barco se asemejaba a cualquier otro. La decoración marinera le otorgaba un aspecto mucho más lascivo al convertir a las chicas, por unas cuantas monedas, en imaginarias sirenas. Laramie pidió un coñac y se lo llevó a los labios con calma.

—Esta noche estás de muy mal humor. ¿Qué te ocurre?

Charles Chapdelaine le debía todo lo que era a ese hombre. Pagó sus estudios de medicina y su manutención. Nunca le dijo el motivo de tal generosidad, salvo que se lo adeudaba a Auguste. Gracias a ello había conocido a Anna, la hermana de Laramie, de quien se enamoró desde el primer instante en que la vio. Había sido durante un verano, Devereux lo invitó a pasar unos días en Viena. La oportunidad de conocer un país como ese fue un regalo para su pasión viajera. No lo dudó y aceptó la invitación. Laramie le confesó que uno de los motivos de viajar hasta esa parte de Europa Central era su hermana, Anna, que vivía en un internado para señoritas en la ciudad. La muchacha prefería quedarse allí hasta alcanzar su mayoría de edad o él decidiera encontrarle un marido con quien desposarla. No imaginó que su destino estaba pronto a cambiar. El día en que conoció a la joven de pelo oscuro, uniforme infantil y ojos de hechicera, su vida se transformó en un pozo oscuro y sinsentido. Al principio, la culpabilidad, el deshonor por creer que traicionaba a Laramie lo obligó a contenerse, a resistir la tentación de escribir a la muchacha. Pero su amor y el deseo fueron armas tan poderosas que no tuvo más remedio que rendirse sin condiciones. Al final, terminó por escribir una larga y apasionada carta que aún le avergonzaba recordar. Cuál fue su sorpresa, el gozo que sintió y la alegría que lo invadió cuando ella contestó a su misiva con la misma intensidad y acaloramiento. Después, el correo se intensificó y durante unas cortas vacaciones Charles viajó a Viena. Allí se declaró a Anna y ella le confesó su amor; el problema era que ninguno traicionaría a Laramie, algo que los atormentaba y enfurecía por igual.

—Los negocios y esa maldita apuesta —confesó, y se bebió de un trago la copa—. Ponme otra y deja la botella —ordenó al camarero.

—La bebida no te ayudará a solventar ninguna de las dos cosas —dijo Charles al quedarse solos.

—He sido un auténtico estúpido... comprometerme con una MacGowan.

—¿No es lo que querías? Casarte con una bella dama de la aristocracia... —Rio Chapdelaine.

—Sí, y jamás pensé que fuera tan fácil ni que la oportunidad me la diera una partida de cartas, pero la joven es tan... tan...

—Inglesa —concluyó la frase.

Ambos emitieron una carcajada que relajó a Devereux al recordar la respuesta de Elena. ¿Desde cuándo había empezado a llamarla por su bello nombre? Tomó otra copa para desterrar la imagen de la joven de su cabeza.

—Me pregunto cómo se haría esas quemaduras.

Desde que se instaló en Londres, Devereux había asistido a la mayoría de las fiestas orquestadas por la alta sociedad londinense y nunca la había visto. Por sus modales y orgullo no era una criada. Tal vez una institutriz o un pariente pobre de la familia que viviera en aquella casa. Daba igual quién fuera, tenía otros problemas que resolver mejor que pensar en ella.

—Supongo que no lo sabremos nunca —respondió con una sonrisa impuesta.

—Me gustó su voz —recordó Charles avivando en Laramie la imagen ofendida de la muchacha con total nitidez.

—Un ángel quemado —susurró, aunque su amigo logró oírlo. Eso es lo que le parecía: un hermoso ángel con las alas quemadas por el fuego.

—Nunca la hubiera descrito mejor —aseguró Charles, y le golpeó la espalda de forma amistosa.

Devereux miró el fondo del vaso y creyó ver los ojos verdes de la mujer traspasar la coraza que tanto le había costado construir, luego se bebió de un trago la copa.

Al fondo de la sala, el camarero dejó la segunda botella de ron en la mesa de un hombre que fumaba un habano. Era un caballero generoso, según las chicas, se rumoreaba que tenía gustos extraños y, además, dolorosos. Esa vez estaba más interesado en los dos jóvenes que habían llegado una hora antes que en las mujeres. No dejaba de observarlos con una evidente animadversión. Esa noche, Roger estaba acompañado de uno de sus hombres. Como siempre, vestía con una pulcritud enfermiza, poseía una mirada fría y autoritaria, desprovista del más mínimo calor. El camarero bajó la vista con respeto.

—¿Deseáis algo más? —preguntó con timidez.

Se colocó la bandeja delante del cuerpo a modo de protección. Recelaba de un tipo tan limpio, callado y cuya fama había cruzado los océanos. Si no querías terminar como comida para los peces, era mejor no tenerlo de enemigo. Tenía un aspecto refinado y elegante que junto con un cabello canoso le concedía un aire honorable; una fachada que ocultaba una capa de perversidad que era mejor no descubrir.

—¿Ves a esos hombres? —señaló al conde y el camarero asintió—. Los invito a una copa.

—¿De parte de quién es la invitación? —Prefería asegurarse de que daría su verdadero nombre.

—De Roger Matherson —contestó con voz clara para que no hubiera dudas.

El camarero se marchó con rapidez para cumplir la petición de Matherson.

—Podríamos matarlo —dijo el acompañante de Roger cuando el camarero ya no podía oírle. Un tipo de voz aguda, al que llamaban Antro, que para nada pegaba con un cuerpo de complexión grande.

—Sería demasiado fácil, necesito que sufra y de esa forma no lo haría. —No entendía cómo se rodeaba de gente tan incompetente como Antro. Hombres incapaces de ver que era mucho mejor construir una tela de araña donde atrapar a los enemigos antes que matarlos—. Desaparece —ordenó, molesto por la falta de visión de su hombre.

Antro se levantó y se marchó como le había pedido Roger.

Mientras tanto, el camarero se apresuró a cumplir la petición de Matherson. Se acercó a la mesa y sirvió dos copas del mejor *bourbon* que había en el barco. Los dos caballeros se giraron para ver quién los invitaba. Roger, entonces, se acercó el bastón a la frente a modo de saludo.

—Es como un grano en el culo —aseguró Laramie al devolverle el saludo con la mano.

—Es peor que eso —le recordó Charles—. Mi hermano ha perdido a muchos de sus feligreses gracias a ese hombre y al comercio del opio. Además, no se detendrá hasta que consiga que se vaya y Auguste es demasiado terco para permitir que un tipo como ese se salga con la suya. No quiero que le haga daño —dijo, como si con decirlo en voz alta nada malo le ocurriera a su hermano.

—Auguste podía hacer bien en no meterse con Matherson. No podrá luchar contra el opio, ni siquiera el emperador Quin lo ha conseguido. Hará que lo maten.

El chico se levantó sin que Devereux tuviera tiempo para detenerlo e impedir que cometiera una imprudencia.

—No queremos nada de usted. —Charles dejó las copas en la mesa de Roger con tanta fuerza que volcó su contenido. El líquido manchó los pantalones de color crema del comerciante.

—Entiendo —dijo, y se quitó las manchas con un pañuelo de encaje que mojó en una de las copas que había en la mesa.

—¡Charles! —intervino Laramie; aquel insulto no sería olvidado por un hombre como Roger.

—¡Mi hermano se juega la vida todos los días! —Charles ignoró a Laramie y continuó con su discurso—: Tipos como este le envían matones para asustarlo —expresó con una amargura que conmovió a su amigo.

—Esa es una acusación muy grave.

El conde observó cómo los ojos castaños de su adversario comercial controlaban su enfado. Había visto a ese hombre partir la mandíbula a otro por mucho menos.

—Discúlpelo —pidió Devereux—, ha bebido demasiado.

—Como todos —dijo con una sonrisa que le recordó una falsa mueca de máscara de carnaval.

—Camarero —llamó Devereux—, acompañe al señor Chapdelaine al camarote 16. —Charles no se resistió, Laramie le lanzó una mirada que le traería consecuencias si el joven no obedecía la orden. El muchacho en su retirada agarró una botella de whisky y se la llevó.

—Ha hecho bien —aseguró Matherson cuando vio

al médico seguir al camarero—, otro insulto y le hubiera enseñado una dura lección.

—Eso hubiera sido el menor de los problemas.

Roger asintió, consciente del duelo que se libraba entre los dos. Luego, estudió al hombre que le recordó a sí mismo no hacía tanto tiempo. Ese joven poseía una fuerza innata que transmitía con todo el cuerpo; la barba recortada le hacía algo mayor. En cambio, el rostro cuadrado le otorgaba una autoridad con la que amedrentaba a muchos hombres y despertaba el deseo en la mayoría de las mujeres. Desconocía su edad, aunque rondaría los treinta. Llevaba el pelo largo, en contra de la moda, pero le caía en los hombros con una masculinidad que envidió. Le recordó a los capitanes de antaño, marinos curtidos en los mares. Se fijó en el agujero de la oreja y supuso que la alta sociedad londinense no vería con buenos ojos el aro de pirata que no hacía mucho llevaba con orgullo. La envidia y el odio se apoderaron de él al contemplar un ejemplar masculino que atraería a las mujeres como abejas a la miel. El rencor hacia Devereux lo forzó a beber otra copa de ron.

—Espero que me acepte una copa, brindaremos por su matrimonio.

A esas horas estaba seguro de haberse convertido en la comidilla de Londres. Ganar una esposa en una partida de cartas no podía ser muy usual.

—Por supuesto —aceptó Laramie.

No le gustaba Matherson, notaba que ese hombre ocultaba sus sentimientos bajo una máscara de amistad impuesta y estudiada. Su instinto no dejaba de avisarle de que no se fiara de él.

—Los MacGowan son una vieja familia, aunque no tan importante como fue la vuestra. —El conde apretó los dientes al escuchar las palabras de Matherson, quien con una sonrisa torcida desvió la conversación a otra parte—. Hombres como nosotros no necesitan apellidos. La historia nos recordará como los mejores comerciantes que nunca hayan existido. Y una recompensa tan bella como lady Virginia es pago suficiente.

El dardo de Matherson dio directo en la diana. La familia Devereux había sido la más importante de Francia hasta que su padre cayó en desgracia. Ser monárquico en la II República fue un delito que lo llevó a la muerte y a la ruina. Sabía muy bien lo que era el hambre y la miseria después de haberse criado en la opulencia. El empeño de su padre por reclamar lo que consideraba justo y propio de un caballero, pensó con desagrado, como si un caballero no tuviera que comer o vestirse, hizo que su madre se hundiera en el fango. Él era un muchacho el día en que los soldados arrestaron a su padre. Lo encarcelaron en la Bastilla y ni siquiera las amistades de su madre consiguieron un pase para que pudiera verlo. Incluso una noche oyó cómo le confesaba a Marta, la única criada que no se había marchado de su lado, cómo la habían despojado de sus propiedades. Sus amistades le dieron la espalda, pero gracias a la astucia de Marta ocultaron algunas de las joyas familiares. Al final, todo se convirtió en un trozo de pan o de leche y lo único que a su madre le quedaba era su porte y una belleza aún por marchitar. Una noche se entregó a uno de los guardias de la Bastilla y en pago le permitió ver a su marido. Le confesó a Marta el asco que sintió cuando ese hombre la tocó. Las lágrimas de su madre eran como golpes para él. Supo que ese recuerdo lo perseguiría toda la vida, sintió un rencor tan grande por su padre que el día en que lo ejecutaron se negó a presenciar su muerte. Dos meses más tarde, su madre murió, el resto era mejor no recordarlo.

—¿No le molesta que se la robara? —preguntó el joven con desconfianza tras tomarse una copa para olvidar.

—Un poco, lo reconozco, aunque se me pasará pronto. —Roger alzó los hombros en un gesto de estudiada derrota—. He de confesarle que al contrario que usted, jamás me casaría. Soy demasiado viejo para esa jovencita tan llena de vida y tan bella.

En un arranque de heroicidad, había salvado a la chica de las garras de Matherson y había caído en las suyas. Reconocía que era bella, tanto que no tendría comparación con ninguna otra joven casadera de Londres. Pero era insípida, con una conversación vana y gustos tan alejados de los suyos como la distancia entre la Tierra y la Luna. Por suerte, esas faltas de cualidades las suplía con un apellido tan honorable y antiguo como el de su familia y eso le bastaría para engendrar buenos hijos herederos de la casa Devereux.

—Espero que sí —respondió, orgulloso por su adquisición—, mi esposa será una Devereux y, como tal, será la mujer más bella, elegante y hermosa de ambos países. Mi familia siempre ha obtenido lo mejor.

—Debo confirmarle que esta vez lo ha conseguido. —Matherson alzó de nuevo el vaso a modo de brindis antes de beber el contenido—. Es una joven encantadora con una piel muy hermosa.

—¿Su piel? —preguntó extrañado Laramie.

—No hay nada como tocar la suave, lozana y lisa piel de una mujer. ¿No está de acuerdo?

Las palabras de ese viejo zorro le trajeron a la memoria a la chica de las quemaduras. Se estremeció al imaginar cómo sería tocar todas esas cicatrices y por una vez estuvo de acuerdo con ese canalla de Matherson.

—Brindemos por ello.

Laramie aceptó el brindis, lo que en un principio le había parecido una estupidez ahora se había convertido en algo que celebrar. Su boda con Virginia MacGowan era lo mejor que podía pasarle.

—Si me disculpa, para un viejo ya es hora de retirarse. —Una de las chicas se acercó al hombre y mantuvo la cabeza agachada.

—No os entretendré más.

Laramie le dio la mano y Matherson la apretó con fuerza en un pulso silencioso. Al marcharse cojeaba más que en otras ocasiones. Todo el mundo decía que Roger Matherson ocultaba un oscuro y tenebroso pasado. Pertenecía a una familia de varias generaciones de comerciantes y era heredero de toda una flota. Sin embargo, su vida se truncó tras la muerte de su familia. A partir de ese día se transformó en un hombre cruel cuya ambición era el único motor que movía su existencia. Laramie no envidiaba el destino de ese hombre, solo esperaba no terminar como él. Acabó la bebida y se dirigió al camarote 18.

Roger apretó el bastón con ambas manos. El encuentro con el conde le había despertado más aún sus ganas de venganza. El odio que sentía hacia ese hombre era tan abismal que ni siquiera el océano más profundo podría compararse con él. La muchacha que lo había seguido cerró la puerta. La joven se quitó la ropa en silencio y Matherson recorrió con calma cada rincón de su cuerpo con el bastón. La chica temblaba de miedo al imaginar algunas de las cosas que le habían contado sus compañeras sobre él. El comerciante intentaba controlar el estado de ira que lo embargaba tras su encuentro con Devereux. Ella quiso abrazarlo, demostrarle que estaba dispuesta a complacerlo. Las pequeñas manos de la joven se lanzaron en un ataque suicida hacia el cuerpo del comerciante, pero sus ojos se agrandaron por el miedo. Roger había sacado de su chaqueta una fusta de caballo y el primer golpe la dejó sin aliento. La muchacha aulló de dolor presa del pánico más absoluto. Matherson continuó golpeándola, una y otra vez, no veía lo que hacía, ni siquiera apreciaba que la mujer se había arremolinado a sus pies como un ovillo de lana desmadejado. La chica se protegía la cara, mientras que el resto de su cuerpo recibía la furia del hombre. Cansado y sudoroso, se detuvo. La prostituta se arrastró por el suelo dejando un reguero de sangre en su lastimosa huida. Matherson no la ayudó, ni siquiera sintió remordimientos por lo que había hecho. Se imaginó poder hacerlo con la prometida del conde. Quizá algún día se le presentara la oportunidad de resarcirse por lo que ese hombre le había quitado.

En el camarote, Laramie se encontró con una muchacha de cabello rojo y ojos verdes. Maldijo esa noche, parecía que todas las putas de ojos verdes se habían reunido en ese barco. La chica estaba desnuda, Laramie empezó a quitarse la ropa cuando unos gritos de Charles lo detuvieron. Entonces, la puerta se abrió y la muchacha se cubrió el cuerpo con una sábana. Devereux se volvió para ver quién osaba entrar de esa forma en la habitación.

—¡Tiene que ser ella! —Charles, más borracho que nunca, con los pantalones puestos, balbucía palabras incoherentes—. ¿Viste esos ojos?, nunca he visto unos ojos tan verdes. Un ángel quemado —dijo, y se agarró al marco de la puerta para no caer—. ¡Tú lo dijiste! Un ángel quemado —farfullaba con voz pastosa.

Una rubia de grandes pechos lo abrazó con intención de arrastrarlo a la habitación. Charles se soltaba del abrazo una y otra vez.

—Cariño, volvamos al cuarto —le dijo con dulzura.

La joven prostituta le agarró las manos y las llevó hasta sus pechos, Charles se deshizo de la invitación con un leve empujón.

—¡No! ¡Laramie! Debes disculparte con nuestro ángel quemado. Sé que no fuiste un caballero. No sé qué le dijiste, pero no se despidió de mí y me gusta. Es una dama, sé que lo es.

El conde había tenido bastante esa noche. Su amigo se había emborrachado y ese tema le obsesionaría hasta que se le pasara la borrachera. No se enorgullecía de su comportamiento ni franqueza. La vida en las calles le había enseñado un par de cosas. Una de ellas era que debías construir una coraza fuerte y resistente que no se derrumbara con las palabras, las armas más poderosas y crueles de todas. No se había comportado como un caballero ni nunca lo haría. Su padre se encargó de que así fuera, su caballerosidad y honor lo condujeron a la horca; no cometería el mismo error. El dinero podía comprar títulos y tierras, y eso era lo que conseguiría con un casamiento adecuado. Necesitaba unos hijos que heredaran sus negocios y una esposa que llevara su apellido con orgullo como le prometió a su madre, y creía que al fin lo había logrado. La caballerosidad era para gente como Chapdelaine, gente con corazón, no para tipos como él.

—Te llevaré a casa —dijo con resignación.

—¡No! Iremos al 109 de Trafalgar Square —insistió malhumorado el joven.

—No iremos a ningún otro sitio que no sea a tu casa. Esta noche has bebido demasiado y es mejor que duermas la borrachera.

—Pero... nuestro ángel quemado, quiero saber quién es. —Alzó el brazo para mostrar la autoridad de un juez—. Necesito saberlo.

Entonces, se derrumbó encima de la chica, que intentó sujetarlo para que no cayera al suelo. Laramie acudió a auxiliarla. La muchacha había desaparecido para un instante más tarde regresar con la ropa de Charles y Devereux le colocó la camisa sobre los hombros. Cuando lo soltó en el asiento del *Cab*, el coche que manejaba sin cochero, se despertó y le agarró de la manga de la chaqueta.

—La asustaste..., ¿te fijaste en sus ojos verdes?

—Sí, sus ojos —algo que le había perseguido durante toda la noche, como sus labios gruesos tan tentadores como una fruta dulce y jugosa, y para zanjar la insolencia de su mente calenturienta, añadió—: y las quemaduras.

Laramie le puso el sombrero con tanta fuerza que le tapó los ojos.

—Eso ha sido muy cruel. —Charles alzó el dedo.

—Sí, soy un hombre cruel y tú un joven con gran corazón. Estoy seguro de que esa muchacha no desea que un borracho y un francés aporreen su puerta a las tantas de la madrugada.

Charles rio del comentario de Laramie.

—No —dijo Charles—, mañana... mañana averiguaremos quién es nuestro ángel quemado.

—¿Para qué? —preguntó Devereux con una seriedad que le sorprendió a él mismo.

—¿Para qué? —repitió Charles—. A veces estás demasiado ciego para ver lo que tienes delante. No todos los días encuentras a un ángel y da igual si tiene las alas quemadas, seguirá siendo un ángel.

Laramie recordó el instante en que la sujetó, su perfecta boca, la mirada penetrante que lo traspasó con una sagacidad hiriente. Evocó el sonido de su voz, que calmó de inmediato el rencor que siempre habitaba en su interior. Sin embargo, no podía olvidar las quemaduras de su mentón. Había visto a hombres en el mar con cicatrices semejantes y en la mayoría de los casos provocaban rechazo. Imaginó que la vida de esa muchacha sería mucho peor. No conseguiría un marido, ni tampoco tendría hijos. Se vería relegada a ser criada o la amante de algún hombre con extravagantes gustos. Esas imágenes le produjeron desasosiego.

—¡Vamos! Cállate de una vez o te juro que te tiro al río —amenazó con una seriedad que Chapdelaine a pesar de la borrachera acató con premura.

Laramie se subió al pescante del coche y azuzó a los caballos. Deseaba que amaneciera y olvidar a esa joven, y la mejor forma de hacerlo era comprando cientos de rosas blancas para enviarlas a su prometida. Esperaba que lord Troy MacGowan no se opusiera al enlace; si eso ocurría, contaba con un pagaré firmado por Virginia en el que aceptaba una propuesta de matrimonio.

3

Elena no durmió aquella noche, dentro de poco se marcharía de esa casa para siempre. Observó el retrato de sus padres, también el papel de color rosa antiguo de las paredes. La melancolía le hizo echar de menos los abrazos y besos de una familia. Aún recordaba el día en que compraron las cortinas. Decenas de telas se extendieron en el salón para que la hija de lady Victoria escogiera la que más le gustaba, algo parecido ocurrió con las alfombras. Su madre trajo de Francia una preciosa cama con dosel, para una bella princesa, como la llamaba cada noche antes de acostarla. Dentro de dos meses tendría que abandonar su hogar. No eran las cosas materiales lo que echaría de menos, sino estar lejos de esa casa y dejar los recuerdos infantiles de felicidad. Pensar que hasta eso le quitarían la entristecía hasta lo más profundo de su ser. Se levantó apesadumbrada y rodeó la cama para no mirarse al espejo. Había pedido que los retiraran, pero Rosalyn ordenó al servicio que colocaran uno en el cuarto de Elena. Toda dama debía peinarse y no le importaba que para ella fuera una tortura mirarse cada día en un espejo. Después de recogerse el pelo en una sencilla trenza, se vistió con un vestido de algodón gris abotonado por delante. La casa permanecía casi en silencio hasta el mediodía, y era en esas horas cuando se refugiaba en la sala de música para no coincidir con sus tíos. Por ello le extrañó escuchar los gritos de Troy. Sigilosa, se quedó cerca de la puerta de la biblioteca.

—¡No imaginé que fueras tan estúpida!

—¡Padre! Lo siento tanto... —Virginia lloraba sin consuelo.

—¿Qué vamos a hacer? —preguntó Rosalyn con una voz tan aguda que a Elena le costó reconocerla.

—¡No podemos hacer nada! —sentenció su tío con rabia—. Virginia ha dado su palabra delante de todo Londres, y lo que es peor, ha firmado un pagaré.

—¡Dios! Es una niña estúpida al que ese crápula de Devereux ha convencido para aprovecharse de ella.

Elena podía imaginar muchas cosas de ese hombre, aunque no creía que fuera alguien que necesitara engañar a una mujer para arrastrarla a su cama.

—Sí, es estúpida, pero ya no es una niña. Fue presentada en sociedad hace un mes. —El llanto de Virginia, durante un instante, fue lo único que escuchó—. Si no estuvieras coqueteando con media sociedad no hubiera pasado esto —la acusó Troy.

—¿Crees que ha sido mi culpa? —preguntó con sorpresa Rosalyn.

—Tú la has alentado a que se expusiera en situaciones impropias de una dama.

—Si fueras un verdadero lord no consentirías esto. Robert no dejaría que su hija se casara con un rufián como el conde.

Elena se sujetó al marco de la puerta al escuchar cómo Laramie Devereux había pedido en matrimonio a Virginia, no podía creerlo.

—Ni tú, si fueras como Victoria. —Ese comentario jamás se lo perdonaría a su esposo—. Mi sobrina no sería tan estúpida para comportarse como nuestra hija.

—No, desde luego, nadie quiere a un monstruo como esposa.

Las palabras de Rosalyn no le dolieron, no más que otras veces. El llanto de Virginia le impidió escuchar qué había contestado su tío.

—¡Yo no quiero casarme con él! Me da miedo, es tan... tan...

«Francés», pensó Elena, no pudo evitar sonreír al recordar la broma compartida con Chapdelaine. Laramie Devereux parecía un pirata de novela, en cambio, era un contrabandista despiadado, capaz de conseguir cualquier cosa sin importarle el precio. Tras el incidente con el carruaje sintió curiosidad por los dos hombres, sobre todo, por Devereux y buscó información en la gaceta de negocios que recibían cada mes. Encontró que Laramie era el conde Devereux, un comerciante de té, vino y sedas, que negociaba con opio; un negocio despreciable. Convertir a personas en fantasmas era tan repugnante que no comprendía cómo un hombre como Charles Chapdelaine, hermano de Auguste, el famoso misionero francés, era su amigo. Poco se decía de él, salvo que poseía una fortuna considerable capaz de disculpar su falta de modales sociales. A pesar de ello no olvidaba cómo sus ojos negros la habían juzgado haciendo que se sintiera empequeñecida. El carácter hosco y maleducado de ese hombre destrozaría a su prima. Virginia no tenía mucho contenido en la cabeza, pero era sensible y poseía buen corazón. Necesitaba un marido que la amara y la cuidara, no alguien que la exhibiera como una perfecta y bella adquisición. Si caía en las redes de un hombre tan cruel como Laramie, su vida se convertiría en un infierno.

—¡No se casará! —gritó Rosalyn.

—Necesitamos un milagro y no creo que tengas uno escondido en tu habitación —dijo Troy con voz derrotada.

A pesar de su amor por Virginia no rompería un compromiso de ese tipo sin que el honor y el apellido MacGowan se vieran deshonrados. Elena escuchó cómo se dirigían a la puerta, se apresuró a subir la escalera y a encerrarse en su habitación. En la seguridad de su cuarto miró el retrato de sus padres, se los veía tan felices..., tan enamorados... Pensó que nunca conocería el amor, nadie se enamoraría de una mujer como ella, aunque gracias a su prima quizá encontrara su oportunidad de conseguir un hogar, de formar una familia. Su tío había hablado de un milagro. Ella sería ese milagro. Se casaría con Laramie Devereux, el hombre que la había acusado de no ser una perfecta rosa inglesa. Pronto descubriría que no disponía de pétalos sedosos, pero sí de espinas capaces de sobrevivir en un mundo cruel y tan despiadado como aquel.

Como la noche anterior, Elena fue incapaz de dormir, las sábanas se le enredaron en las piernas y tras una larga batalla de insomnio terminaron en el suelo. En las interminables horas de vigilia repasó su plan. A veces le parecía descabellado, otras, la mágica solución a los problemas que la amenazaban. Con el alba, se vistió deprisa con un vestido pasado de moda y sin corsé. No era adecuado para una dama, pero en la mayoría de las ocasiones no se cruzaba con nadie en la casa. La sobriedad del vestido acentuaba su esbelta figura. Se dirigió al despacho de su tío. Troy tampoco había dormido demasiado. Se había encerrado en su habitación preferida, el único lugar de la casa en la que Rosalyn no había impuesto su estridente mal gusto. Durante un instante, Elena se vio a sí misma como una heroína y el miedo le hizo agarrarse a la barandilla de la escalera. La puerta de madera oscura del despacho la separaba de la decisión más importante que jamás había tomado, se plantó ante ella y con fuerza golpeó con los nudillos.

—¿Puedo pasar? —preguntó con voz firme a pesar de que los nervios y la desazón aguijoneaban su estómago.

—Por supuesto. —Troy se puso en pie al verla. No podía echarse atrás sobre la decisión de enviarla a casa de la viuda Turquins, aunque lo deseara. Rosalyn se lo haría pagar caro y ya tenía suficientes problemas.

—Tío, ¿está ocupado?

—Nada que no pueda solucionar después —aseguró con una sonrisa. Le avergonzaba la decisión que su esposa le había obligado a tomar. Era consciente de que nada tenía que ver con los pretendientes ni con las quemaduras de Elena, todo estaba relacionado con el rencor que sentía por Victoria. Angustiado por su hija, con un gesto le indicó que tomara asiento—. Si has venido a pedirme que te permita vivir aquí, eso ya no es una decisión que esté en mis manos.

—Lo sé y no he venido por eso. —La actitud de Elena le intrigó—. Ayer... escuché su conversación con Virginia.

Troy enrojeció por la vergüenza y asintió con pesadumbre. El nombre de su familia unido a un tipo como Devereux le crispaba los nervios. Le preocupaba el bienestar de Virginia, pero no había nada que pudiera hacerse para evitar ese matrimonio.

—Tu prima es una joven muy bella con serrín en la cabeza. —Su tío se pasó las manos por el cabello con desesperación—. No puedo anular el compromiso, todo Londres pondría en entredicho la honorabilidad de nuestra familia.

—No podéis hacerlo.

Le alegró escuchar que al menos alguien estuviera de acuerdo con él. Rosalyn había llorado, suplicado y amenazado para evitar un enlace que Troy jamás hubiera permitido.

—Aunque creo que no hay nada que podamos hacer para anular ese matrimonio.

—Yo seré el milagro del que hablasteis —dijo Elena con tal seguridad que incluso convenció a Troy de que tenía el poder de conseguirlo.

—¿El milagro? —Troy no la comprendía; no obstante, los ojos verdes de la joven brillaron con decisión.

—Sé que Virginia firmó un pagaré.

—Fue tan estúpida que lo hizo —aseguró Troy, apesadumbrado—. Creí que tu prima tendría algo más de luces —dijo, y se encendió una pipa. El olor a tabaco se extendió por la habitación cuando aspiró varias bocanadas—. Una dama involucrada en algo así mancharía su reputación para siempre. Si anulamos el compromiso, Devereux hará público el pagaré y ningún caballero con dos dedos de frente se casaría con una joven como ella.

—¿Puedo verlo? —pidió.

—Devereux no es tan imbécil para darle el original, es una copia.

—Eso no me importa, siempre que pueda ver la firma de Virginia.

—Claro... —Troy rebuscó en uno de los cajones del escritorio y le entregó un elegante papel color crema con membrete dorado. Estaba desconcertado ante el rostro de su sobrina. La sonrisa de la muchacha confirmó que lo que veía en él encajaba en su plan.

—Nunca cambiará. —Sonrió, agradecida porque a Virginia no le interesara escribir ni leer.

—¿A qué te refieres?

Elena le entregó el pagaré para que comprobara el motivo de su alegría.

—Siempre firma con su apellido, nunca utiliza su nombre.

—¿Y en qué nos beneficia eso? —Troy seguía sin comprenderla. La muchacha se puso en pie y se paseó por la habitación como un gato nervioso a punto de atrapar un ratón.

—También yo soy la señorita MacGowan.

Enseguida su tío entendió sus intenciones. Esa chica hubiera sido una buena heredera del título. Sin embargo, las quemaduras no serían fáciles de disimular ante Devereux.

—¿Pretendes casarte en lugar de tu prima? —Troy no sabía qué pensar de esa propuesta; todos en aquella casa habían enloquecido.

—Así es —afirmó con una sonrisa que hizo que su tío viera por completo a Victoria.

—Devereux no es ciego, no será tan estúpido de aceptar un cambio. Nadie canjea un purasangre por un caballo de tiro.

Con esas palabras no pretendía hacerle más daño, pero la ingenuidad de la chica le irritaba. Ya había tenido bastante con la estupidez de su hija y el resentimiento de su esposa para aguantar las fantasías de Elena. La joven soportó el insulto como tantas otras veces bajo la coraza que protegía su corazón.

—No lo hará, nunca sabrá que no se casará con Virginia hasta después de la boda.

—¿Cómo pretendes hacer eso? —preguntó, intrigado por el plan.

—Engañándolo. —La chica se sentó en la silla de nuevo. Su rostro resplandecía.

—No es ningún pusilánime caballero, es un hombre curtido en los negocios, un zorro sagaz y tú... en fin, tú eres una chica que conoce poco el mundo y sus engaños.

—Conozco bien la crueldad. —Troy se removió incómodo a causa de los remordimientos—. No tendré un lugar adonde ir si Rosalyn se lo propone. Tras la vergüenza que supondrá casar a su única hija con un comerciante su rencor hacia mí será mucho mayor. —Su tío bajó la vista ante los argumentos que le había presentado sin rodeos. La dejaría jugar sus cartas, no tenía nada que perder y sí mucho que ganar.

—Está bien, dime qué tenemos que hacer. —Lord MacGowan se ajustó las lentes y miró a su sobrina con atención.

—Dejar que Devereux corteje a Virginia. Dele la bienvenida a esta casa y...

—¡Todo el mundo supondrá que es su prometida!

—Todo el mundo sabrá que corteja a una MacGowan —dijo Elena—, será su palabra contra la vuestra. El pagaré no menciona el nombre de Virginia y yo asistiré a cada cita que mi prima tenga con ese hombre. Soy una MacGowan y eso es lo que va a tener.

—Cuando descubra el engaño quizá no sea muy considerado contigo.

Si por echarla de casa se sentía despreciable, hacer que pagara el error de Virginia lo convertía en alguien aún peor, sin escrúpulos. Deseó que Robert no hubiera muerto; un cargo como el título MacGowan exigía una responsabilidad que lo acobardaba.

—Es un hombre orgulloso y eso le impedirá reconocer ante todo Londres que se han burlado de él.

—¿Cuándo empezamos? —preguntó, sorprendido por la valentía o desesperación de su sobrina. Ignoraba cómo había llegado a esa conclusión sobre Devereux, pero Elena le propuso actuar de inmediato.

—Esta misma tarde. Envíele una nota y dígale que estará encantado de que corteje a la señorita MacGowan.

—Tu padre se sentiría orgulloso.

Elena agradeció las palabras de su tío con una sonrisa, la belleza volvió a ella en ese instante y Troy quedó sin aliento. Sus quemaduras podían repeler a los hombres, pero eran unos ignorantes por no ser capaces de ver la valía de esa muchacha.

—Casarme con un pirata no sería lo que él hubiera deseado para mí.

Su tío guardó silencio de nuevo. Devereux podía ser muchas cosas, mas dudaba de que fuera uno de los piratas románticos de las novelas que ella leía. En el club le habían permitido la entrada gracias a su antiguo y noble apellido. Era un conde, sin embargo, los negocios con el opio no eran los más adecuados para un caballero. Jugaba a las cartas sin importarle las pérdidas y siempre hacía alarde de que conseguía lo mejor, tanto en mujeres como en bienes. Además, poseía unos modales impropios de un miembro de la buena sociedad. Durante un instante sintió verdadera compasión por su sobrina, cuando ese hombre descubriera la verdad, sus quemaduras serían el menor de los problemas de esa muchacha. Laramie Devereux no le perdonaría el ridículo que hiciera al alardear de que se casaba con una belleza inglesa. La chica salvaría el honor de la familia y si tenía que apostar por alguna de las dos jóvenes, no lo haría por Virginia, quien no aguantaría ni un asalto frente al conde.

Una hora más tarde, Elena entró en el dormitorio de su prima sin llamar a la puerta, la muchacha lloraba en la cama abrazada a la almohada. Su melena pelirroja le caía por la espalda como una llamarada de fuego, los bucles que la doncella rizaba cada mañana se habían desarmado. Virginia al verla se limpió las lágrimas. Sus mejillas sonrosadas por el llanto le concedían una belleza etérea. Era fácil de imaginar que cualquier hombre se enamoraría de ella, tenía un busto generoso, una cintura estrecha y una piel perfecta. La muchacha vestía un camisón y una bata en color vainilla que aumentaba su belleza.

—¡Elena! —Se levantó de la cama y se abrazó a la joven—. ¿Qué voy a hacer?

—Tranquila. —Condujo de nuevo a Virginia a la cama y, tras acostarla, se sentó y le acarició la hermosa melena pelirroja—. Ya está solucionado, deja de llorar y no te preocupes.

Virginia la miró a través de las pestañas mojadas por las lágrimas con la esperanza de que las palabras de su prima fueran ciertas.

—Mi padre no puede romper el compromiso y yo... no sabré cómo comportarme con un marido como él. Me da miedo. —Elena notó cómo Virginia se estremecía.

—Eso no será necesario. Antes de contarte cómo vamos a solucionarlo quiero que me digas qué ocurrió para que acabaras comprometida con un hombre como Devereux.

—Te juro que no lo sé. —Virginia colocó su mano en la frente de una manera tan melodramática que Elena sonrió—. Asistí a casa de los Rochman, cerca del Soho, sé que papá no lo aprueba, pero son tan divertidos...

—Tu padre tiene razón, a los salones de los Rochman no siempre acude la flor y nata londinense.

—Lo sé. —Virginia bajó el brazo—. Él estaba allí y es tan apuesto como un héroe y tan diferente del resto de los hombres que creí que no podía ser cierto.

—¿Quién te lo presentó? —Elena no pensó lo mismo cuando lo conoció, no le pareció ningún héroe sino un hombre soberbio y maleducado.

—La marquesa de Sharinton.

Elena no acudía a los salones si podía evitarlo. Pero tenía oídos y si te sientas tras las madres de las debutantes, viudas o casadas, se escuchan muchas cosas. La marquesa de Sharinton era una mujer madura que coleccionaba amantes como obras de arte. No le importaban las habladurías, su marido vivía en el campo y ella en la ciudad. Habían llegado a un acuerdo tras numerosas peleas y desavenencias. Y por lo visto, ahora era amiga de Laramie Devereux. Un mohín de desagrado se apoderó de su boca al imaginarlos juntos a los dos.

—Comprendo, ¿fue amable?

—No solo fue amable, también encantador, adulador, caballe...

—... me hago una idea —dijo Elena.

Su rostro cambió de color al recordar con la amabilidad que la había tratado, igual que un zoquete sin sentimientos. Quizá como encantador de cerdos pudiera ganarse el sustento; sin embargo, dudaba de que esos animales lo soportaran. En cuanto a lo de ser adulador, con ella había sido grosero y cruel. Le daba igual si era conde o duque, su padre había sido un lord y un caballero, ese hombre era un patán de muelle.

—¿Estás bien? —preguntó su prima al advertir que los ojos de Elena lanzaban llamaradas a la pared.

—Sí, sigue contándome —alentó a Virginia con una sonrisa fingida que su prima no advirtió.

—Después de la presentación, me pidió un par de

bailes, todos decorosos —aseguró—, luego alguien propuso que las damas jugáramos a las cartas. No es lo habitual y sonó divertido. No disponía de dinero y el conde se ofreció a cubrir mis pequeñas pérdidas.

—¡Virginia! —Elena estaba escandalizada y a la vez sorprendida de la ingenuidad de su prima—. No debiste aceptarlo.

—¿Crees que no lo sé? —contestó Virginia con una caída de pestañas que hubiera provocado a cualquier hombre deseos de besarla—. Una cosa llevó a otra y cuando quise darme cuenta había perdido una gran suma de dinero. Entonces, me propuso una última partida para recuperarme, solo que si perdía firmaría un pagaré en el que me comprometería a casarme con él. Imaginé que bromeaba. Y acepté.

Elena la conocía lo suficiente para adivinar que le ocultaba alguna cosa.

—Virginia..., ¿qué no me has contado?

—Padre no puede enterarse. —Elena se alarmó por sus palabras—. No fue con Devereux con quien perdí la partida, sino contra Roger Matherson, Devereux me salvó de un destino mucho peor. Si él me da miedo, Matherson me aterra.

—¡Eres una inconsciente! Ese tipo es de la peor calaña, ha tenido problemas con la ley y muchos aseguran que asesinó a su esposa. Después de todo, Devereux es mejor destino que Roger.

—No te enfades conmigo —suplicó su prima.

Elena no soportaba por más tiempo el rostro de pesar de Virginia, además, había ido a llevarle buenas noticias.

—No llores, yo me casaré con Devereux —anunció ante la cara de incredulidad de su prima.

—¡No! Él no aceptará.

Virginia nunca había mencionado sus quemaduras y evitaba mirarlas. No era tan ingenua como para no saber que debido a ellas no era una candidata a un buen matrimonio y, menos aún, desposarse con el conde.

—No te preocupes, para cuando se entere ya será muy tarde.

Virginia se incorporó de la cama con renovado ánimo. Conocía a su prima, su carácter e inteligencia, jamás se comparó con ella en cuanto a conversación o modales y temió que sufriera por su culpa. Elena tenía un plan y apoyaría cualquier idea que la salvara de casarse con el conde. Con ternura se abrazó a su prima.

—Elena... eres como una hermana para mí, no dejaré que te sacrifiques en mi lugar.

—He tomado una decisión y no voy a echarme atrás. Ambas conseguiremos nuestro milagro si haces lo que te pido.

Virginia no la entendió, pero si Elena había ideado un plan para cazar a Devereux ni el mismo Dios lo impediría.

4

Laramie esperó a que el sirviente saliera del despacho para abrir la carta que había recibido de la residencia MacGowan. No estaba seguro de cómo se tomaría un rechazo. Cuando leyó el contenido de la misiva se sintió perplejo y muy satisfecho. Había imaginado que lord MacGowan se negaría a que su hija fuera cortejada por un hombre como él. Debía reconocer que de haber estado en su lugar lo habría retado a duelo antes que permitir que una hija suya se casara con un comerciante con una fama como la suya. Sin embargo, Troy MacGowan no podría negar la evidencia. Virginia había firmado un pagaré en el que se comprometía a casarse con el ganador de esa partida de cartas. Aún recordaba la cara de asombro de la joven en el instante en que la salvó de las garras de Matherson. Lady Virginia creyó que rompería el pagaré, en cambio, le exigió cumplir el mismo trato. Necesitaba una esposa para introducirse en la sociedad inglesa. Jamás regresaría a Francia tras lo que le habían hecho a su familia. La fama que le perseguía y que, en parte era cierta, no le facilitaba el casar a su hermana con algún miembro de la aristocracia. Había jurado en el lecho de muerte de su madre que Anna volvería a ser de nuevo una condesa. Su belleza sería un premio que añadir al hombre que se comprometiera con ella. Laramie observó la letra pulcra y perfecta de Virginia, una sonrisa se dibujó en sus labios al imaginar a la virginal muchacha desnuda en su cama. Sin poder evitarlo, la excitación se volvió algo más incómoda en la entrepierna de lo que hubiera deseado. Maldijo a Charles, esa noche no había aliviado su ansiedad y ahora cualquier pensamiento le provocaba una erección. Se bebió el té que Adams, su mayordomo, le había servido hacía una hora. No era como un baño de agua fría, pero hasta que llegara la tarde sería lo más parecido. Los negocios lo reclamaban en el muelle y antes quería ver cómo avanzaba la construcción del barco *Némesis*. Una máquina de hierros y vapor, una lancha cañonera como nunca se había conocido. Tarde o temprano, China actuaría e Inglaterra contratacaría. Hasta ese momento ambos imperios protagonizaban escaramuzas sin importancia, incidentes políticos resueltos con disculpas y regalos. No quería una guerra, pero Auguste estaba equivocado, nadie detendría el hambre salvaje del Imperio británico y se había jurado, hacía mucho tiempo, que no sucumbiría de nuevo a la miseria. Había comprado acciones del barco *Némesis*. Quería estar en el bando ganador.

Cinco horas más tarde llamaba a la puerta de la mansión MacGowan, la misma casa en la que dejó a Elena. La sorpresa lo desconcertó un instante, confiaba en no encontrársela. Miró sus lustrosas botas por tercera vez, se aseguró de que el pantalón mantenía una perfecta raya en el centro y que no le faltaba ningún botón a la chaqueta. Comprobó el nudo de la corbata y agarró la aldaba de la puerta para llamar. No se había sentido tan nervioso en mucho tiempo. No era un jovenzuelo incapaz de controlarse ante una mujer hermosa. Virginia sería muy pronto su esposa, y ese hecho le alteraba la templanza que lo caracterizaba. El mayordomo abrió la puerta e interrumpió sus pensamientos. Laramie se anunció con voz ronca. El hombre lo guio hasta una sala donde había de esperar a lady MacGowan. Cuando la puerta se abrió la muchacha apareció, deslumbrante. El vestido en un azul pálido acentuaba su figura y unos encantos que Laramie cada día deseaba más descubrir. Llevaba en los hombros un chal de muselina, bajo el que se vislumbraba el nacimiento de un largo y esbelto cuello. Su futura esposa se había recogido el pelo y unos graciosos bucles caían a ambos lados enmarcando su rostro en una bella imagen.

—Lady MacGowan. —Laramie se acercó a ella. La tomó de las manos y con un saludo cortés le besó la palma. Existía cierta insinuación en sus ojos y ruborizó a la joven.

—Conde Devereux. —La muchacha sonrió con timidez, algo que lo cautivó—. Quisiera presentaros a mi prima.

La sonrisa en el rostro de Laramie se congeló cuando vio de quién se trataba. El ángel quemado apareció ante él. Sus ojos verdes lo miraban con desprecio. Estaba seguro de que Virginia le había contado cómo se había comprometido y por supuesto lo consideraría el ser más despreciable del mundo. Su opinión tampoco mejoraría gracias a las palabras que le dijo en un arrebato de mal humor.

—Conde Devereux —respondió, y su voz sonó angelical en comparación con la de Virginia.

—Señorita MacGowan —contestó, abochornado por su presencia.

Laramie se sorprendió de que la joven no hiciera mención de que ya se conocían, pero no estaba allí por esa muchacha. Observó cómo se sentaba en una silla de respaldo alto alejada del sofá, así que haría de carabina; no habría escogido a alguien mejor para esa misión. Sentía los ojos de ella clavados en la espalda y el recuerdo de cómo la trató le impedía concentrarse en Virginia.

—Mi prima es una gran pianista —aseguró su prometida con timidez.

—Me alegro —respondió sin mostrar mucho interés, concentrado en los labios de la muchacha.

—¿Le apetece un té? —preguntó Virginia como una perfecta anfitriona.

Laramie asintió, aunque lo que le apetecía era estrecharla en un abrazo y besarla. Virginia se puso en pie y llamó al servicio, Devereux miró de soslayo al ángel quemado. La joven se había trenzado la melena dorada. La luz que entraba por la ventana perfilaba destellos dorados alrededor de su figura. La gruesa trenza tapaba las quemaduras del mentón, mientras que el chal de cachemira, mucho más sobrio que el de su prima, evitaba que se vieran sus hombros. El rostro de la muchacha parecía cincelado por el mejor escultor italiano.

Poseía una nariz respingona, una boca de labios carnosos y tentadores y aquellos ojos verdes tan endiablados, además de un talle estrecho y un busto proporcionado con la estatura del cuerpo. Durante un instante, Devereux apreció la verdadera belleza de Elena y creyó ver un espejismo. La voz de Virginia reclamó su atención.

—Conde Devereux, el tiempo ha mejorado bastante, ¿no cree? —Al terminar de hablar, Virginia se puso en su taza dos terrones de azúcar.

La conversación de la chica no era mucho mejor que la que tendría con uno de sus perros, pero buscaba una esposa, no un miembro de la Cámara de los Lores.

—Sí, lo que me recuerda que quizá le gustaría acudir a una merienda a Hyde Park mañana. Iremos un par de amigos y, por supuesto, su prima puede acompañarla —añadió sin volverse para ver la reacción de Elena.

—No podrá ser —contestó, y sus ojos se desviaron al sitio donde estaba sentada su prima.

Virginia debía hacer lo que habían acordado, no debían arriesgarse a que los vieran juntos en el exterior. De esa forma, nadie atestiguaría que el conde habría cortejado a la MacGowan equivocada.

—Bien... —Laramie controló su ira—, entiendo. —Empezaba a pensar que la muchacha se avergonzaba de que la vieran con él.

—Elena, toca una pieza para el conde —pidió Virginia, azorada por la mirada intensa e insinuante de Devereux.

—Por supuesto. ¿Qué compositor le gusta? —La joven le entregó varias partituras.

Laramie escogió algunas piezas sencillas que no la

pusieran en evidencia. Pero al notar el reproche con que lo miraba, el diablo que habitaba en él le sugirió que escogiera una obra de gran dificultad.

—Me gusta la *sonata número 29 en Si Mayor Op. 106* de Beethoven, aunque quizá sea demasiado complejo para vuestra prima. —Elena sonrió, se había dado cuenta de que se comportaba como un niño rencoroso y su propuesta la divirtió, algo que a Laramie lo irritó aún más que esa estúpida velada—. Virginia, ¿os gusta esa obra?

—No lo sé, no me gusta la música aburrida. Creo que la que gusta a hombres de vuestra edad lo es.

Laramie sintió deseos de defender una obra como la de Beethoven, además, lo había llamado viejo. Ignoraba qué le molestaba más: si la mirada de superioridad del ángel quemado o la simplicidad de la rosa inglesa. Miró a Elena, la joven estiró los dedos como haría un gran músico antes de sentarse en el taburete del piano. Devereux rogó al cielo que la muchacha no destrozara la obra ni sus oídos. Había escogido una pieza difícil, también la más larga, una velada así acabaría con sus nervios, sobre todo, sin una buena copa de coñac.

Elena se sentía nerviosa, intentó calmarse y desafiar a esos ojos negros que la retaban. Respiró con fuerza y empezó a deslizar los dedos por las teclas del piano. Al principio se sintió insegura, luego, la música se apoderó de ella hasta olvidar quién estaba en el salón. Laramie reconoció que Virginia tenía razón, su prima era una gran pianista. La música lo relajó y consiguió que olvidara sus preocupaciones. Cuando Elena terminó, el conde aplaudió con sinceridad.

—Ha sido maravilloso —la felicitó con una sonrisa que causó en la joven un incomprensible desasosiego.

—Gracias —respondió perdida en la intensidad de la mirada de ese hombre. Si se quitaba la máscara de soberbia y hosquedad que lo recubría se apreciaba un semblante noble y demasiado atractivo.

—Debería oírla cantar, eso sí que es maravilloso —aseguró Virginia con un entusiasmo contagioso.

—No creo que el conde haya venido a oírme cantar. —De nuevo, se sentó alejada de donde Virginia y Laramie se encontraban.

Elena temblaba de la emoción. Nunca tocaba para nadie y hacerlo para el conde había sido un reto muy difícil. Le agradó que le gustara, es más, le entusiasmó la sinceridad con la que le confesó que le había resultado maravilloso. Ese hombre le resultaba extraño, por momentos se comportaba de forma salvaje y cruel; en cambio, apreciaba obras tan complejas como las de Beethoven. Sus pensamientos volvieron al salón cuando Virginia, en pie, se despedía del conde.

—Señorita Elena MacGowan. —Ella asintió con la cabeza—. Le aseguro que escucharla ha sido un placer inesperado.

Elena lo había mirado con esos profundos ojos verdes y en ellos Laramie vio sorpresa y, también, agradecimiento. La muchacha no recibiría muchos elogios, pero debía ser justo: ni tan siquiera Beethoven lo habría interpretado mejor.

El lacayo acompañó a Laramie a la puerta. Montó en el carruaje sin estar seguro de qué había pasado en ese encuentro, aunque daría cualquier cosa por volver a escuchar la pieza musical.

Al cerrarse la puerta tras las anchas espaldas del conde, Virginia se volvió hacia su prima, que permanecía aún sentada en la silla. Elena no había esperado del conde que tuviera la sensibilidad necesaria para apreciar la música que le había propuesto. Era un hombre tan singular, tanto por sus modales como por sus formas y por su comportamiento que temió no conseguir su objetivo. Sin embargo, había visto el deseo en sus ojos al besar la palma de la mano a su prima. Virginia estaba hermosa esa tarde y, durante unos segundos, una punzada de celos se apoderó de ella.

—¿Se habrá dado cuenta? —La inquietud de Virginia consiguió preocuparla.

—Creo que no. —Sonrió con una confianza que no sentía.

—La verdad es que es mucho más atractivo que cualquiera de los hombres con los que he bailado. ¿No te lo parece?

Elena conocía el carácter enamoradizo de su prima. Deseó, por el bien de ambas, que no sucumbiera a unos encantos que también había apreciado. Virginia se sentó de golpe en el sofá, su torneado cuerpo se sumergió en un amasijo de gasas de color azul.

—Sí, es un hombre atractivo —reconoció a regañadientes.

—Su ropa era de la mejor calidad, ni extravagante ni tampoco aburrida. Lord Preston llevaba el otro día en la cena de lady Sharanton un enorme rubí como alfiler de corbata. Devereux sobresalió sobre todos ellos, no necesita de esos adornos para destacar y ser varonil.

—¡Virginia! —le regañó—. ¿No estarás enamorada de ese hombre?

—Por supuesto que no, además —dijo con convicción—, me da miedo.

—¿Por qué?

A Elena le ocasionaba turbación, intriga, ganas de agredirlo tanto verbal como físicamente, algo que la avergonzaba, pero miedo no. Tras su máscara de soberbia había creído entrever un ápice de compasión.

—Porque un día fue un pirata, o eso me contaron en la fiesta de lady Sharanton. Su fortuna es oscura; un conde al que despojaron de sus bienes y aparece tiempo más tarde en Inglaterra más rico que el rey Midas.

—Todos conocen a qué se dedica y él no lo oculta. —Eso era algo que tendría que aceptar de su esposo, un negocio sucio y repugnante que le daba asco—. Creo que es más bien un bucanero —bromeó, y ambas primas se dieron la mano para salir de la sala de música.

En su habitación, Elena se miró en el espejo y vio unos ojos negros que la miraban con intensidad. Si el destino no hubiera sido tan cruel, si no la hubiera marcado para siempre, no tendría que engañar a un hombre para convertirlo en su esposo. Se acercó al tocador y comenzó a peinarse el cabello dorado una y otra vez, el movimiento incesante de las cepilladas la tranquilizaba. Unos golpes en la puerta la hicieron parar.

—¿Puedo pasar? —Troy asomó la cabeza.

—Sí, tío, puede entrar.

Troy MacGowan cerró la puerta. La luz de las lámparas de gas lo envejecía. Elena se anudó el lazo de su bata azul y se ajustó el chal a los hombros.

—¿Cómo ha ido? —Su tío parecía tan desvalido que sintió lástima por un hombre que la pondría en la calle sin ningún remordimiento.

—Como era de esperar —lo tranquilizó—. Virginia se ha comportado como una dama.

Troy, aliviado por sus palabras, dejó de sacar y meter el reloj en el bolsillo del chaleco.

—Es como su madre. —Sonrió—. No nos engañemos, es una mujer muy bella capaz de provocar deseo en un hombre —Elena enrojeció por el comentario tan franco de su tío—, pero no es una dama, nunca lo será. Al igual que mi esposa no puede compararse con tu madre, ella no puede hacerlo contigo.

—Tío... —El hombre alzó la mano para callarla.

—Espero que el conde descubra algún día que tú eres la condesa que necesita.

—Gracias —susurró ante las palabras de elogio de Troy, luego añadió—: Hay un problema. Quiere presumir de prometida, pretende invitar a Virginia a algún acto social para exhibirla.

Troy mostró su miedo ante la situación que se avecinaba.

—Eso es algo que no podremos evitar.

—No, le aseguro que nadie descubrirá nuestros planes si se hace a mi manera. —Su tío la alentó a hablar con un gesto de la mano—. Aceptaremos la invitación, a un lugar concurrido, una cena o un baile, cuanta más gente mejor. Rosalyn no vendrá, lamento decírselo, tío, lo echaría a perder. —Lord MacGowan asintió—.

A media velada Virginia se marchará, una indisposición propia de una dama. Devereux no lo dudará, mi prima puede ser muy convincente con sus dolencias cuando quiere. —Troy pensó que Rosalyn también—. El conde no me encontrará para que abandonemos la fiesta. Entonces, usted le pedirá que me acompañe a casa.

—Te convertirás en la comidilla de Londres si regresas a solas con un caballero soltero en un carruaje. —Troy se sentía un miserable al comprometer la reputación de su sobrina de esa forma.

—No será con cualquier caballero, sino con mi prometido.

Troy entendió el juego de la muchacha, para ser una chica tan joven poseía una mente retorcida.

—¿Qué vas a necesitar para que el plan funcione?

Los ojos de Elena se desviaron al armario. Rosalyn no consideraba necesario que su sobrina vistiera de una forma tan elegante y costosa como su hija. A Elena no le importaba. Casi nunca asistía a ningún baile ni cena, salvo si era imprescindible y nunca lo era.

—Convenza a tía Rosalyn de que visite a la costurera. Necesitaré un vestido para un baile.

—¿Y, si tu plan no funciona? —pronunció las palabras con cierto temor.

—Entonces, tocaré el piano. —Recordó a un hombre embelesado con la música.

Troy no entendió a qué se refería, pero contempló a su sobrina con admiración. Sus ojos verdes brillaron en ese instante gracias a sus pensamientos.

A la mañana siguiente, Rosalyn la esperaba en la escalera con los guantes puestos y un sombrero llamativo. Un despliegue de flores y lazos, frutas y encajes de los que colgaban una serie de cintas sueltas bajo las cuales se alargaban los rizos de su peinado a la inglesa. Una moda a la que jamás se apuntaría daban el aspecto de una niña a una mujer de mediana edad. Sombrero y peinado resultaban cómicos, ridículos y vulgares. Elena se hizo un moño que sujetó con una peineta de amatista azul, un regalo de cumpleaños de su padre cuando cumplió trece años. Se había puesto un vestido gris que desdibujaba la mayoría de los encantos de la joven. Un pañuelo rosa anudado al cuello en un lazo caía hasta el estrecho talle. El cuello alto del vestido contrarrestaba con el escote inadecuado de Rosalyn para vestir durante la mañana. Como a cualquier joven, le gustaba la moda. Hacía mucho que no visitaba una modista en Regent Street. Su madre siempre acudía al taller de *mademoiselle* Cossete, una francesa con un don especial para los vestidos.

—¿Adónde iremos?

—A mi modista por supuesto que no. —Elena esperaba una respuesta semejante, así que aprovechó la situación.

—La modista de mi madre es muy discreta, me conoce desde niña.

Rosalyn alzó una ceja y evaluó la propuesta. Ya había dado que hablar en la fiesta de los Sharenton, no necesitaba más habladurías por las quemaduras de su sobrina, ni por el hecho de no haberle encargado un traje decente en cinco años. El que llevaba era insulso y pasado de moda.

—Está bien, no te acompañaré, necesito hacer unos recados.

A Elena le extrañó el comportamiento de Rosalyn; sin embargo, no miró a su tía para disimular la alegría que sentía por pasar el menor tiempo posible en compañía de esa mujer. Estaban a finales de junio, la temporada social pronto terminaría. Le aterraba afrontar todo su plan, no estaba segura de cómo manejar la situación con el conde. Su tía se dirigió a la puerta con premura, esa mañana tenía prisa por llegar a su cita.

El cochero le abrió la portezuela y la ayudó a bajar. La calle seguía igual que como la recordaba, repleta de pequeñas tiendas. En la esquina aún estaba la sombrerería de *madame* Flaybumg, perteneciente a una holandesa cuyas creaciones eran el deseo de cualquier mujer. Enfrente se encontraba el pequeño taller de Cossete. Una sonrisa le iluminó la cara al recordar las veces que había acudido con su madre para probarse las hermosas creaciones de la costurera francesa.

—Tienes tres horas, si no estás aquí no te esperaré.

Elena quiso decir algo, pero las palabras quedaron suspendidas en el aire cuando el coche emprendió la marcha. Decidió que Rosalyn no le estropearía la visita a Cossete. Entró en la pequeña tienda y encontró a la modista atendiendo a otra dama. Esperó a que terminara, luego la mujer cerró la puerta y colocó el cartel de cerrado. Con una sonrisa cómplice como si no hubiera pasado una eternidad desde la última visita, la tomó de la mano y subieron a la trastienda. El lugar, donde Cossete realizaba sus diseños y creaciones. Había una enorme mesa de madera, con patrones, repleta de muestras de diferentes telas. Al lado de una ventana, una mesa y dos pequeños sillones. La modista la obligó a sentarse en uno de ellos y ella hizo lo mismo en el otro.

—¿Cuánto tiempo lady MacGowan? ¡Qué alegría verla!

—No me llames así —dijo con un tono dolido—. No soy lady. —Sonrió, y disimuló su tristeza.

—Para mí siempre lo será —afirmó muy seria la costurera con un acento francés que le recordaba al conde. Después de tantos años aún no había logrado mejorar su inglés—. ¿En qué puedo ayudaros?

Cossete sirvió una taza de té de una delicada tetera que una joven criada había dejado en la mesa. La chica colocó unas pastas de aspecto exquisito en un plato de porcelana blanca. Toda la habitación desprendía elegancia y buen gusto pese al desorden y la acumulación de telas.

—Necesito un vestido para una fiesta —pidió casi con vergüenza.

Cossete aplaudió como una niña ante un regalo de cumpleaños.

—Será mi mejor creación —aseguró, evaluando con ojos profesionales el cuerpo de Elena.

—Debe ser algo sencillo —se apresuró a decir la joven.

El rostro de la francesa se entristeció al oírla.

—¿Por qué? Tiene un cuerpo maravilloso y un pelo precioso.

—No quiero llamar la atención y mis... quemaduras... —dijo con un hilo de voz.

—¿Puedo verlas? Es necesario si quiero taparlas.

Hasta ese momento nadie le había pedido algo así. La francesa hizo un gesto a la criada para que saliera de la habitación. Elena aceptó y se desabrochó con manos temblorosas los botones del cuello del vestido. Los trajes para un baile eran muy diferentes a los vestidos que usaba. Cossete se enfrentaba a un verdadero reto, pero Elena no tenía la menor duda de que lo superaría.

—No son tan horribles. —La modista rozó sus cicatrices con suavidad, comprobó su color y llegó a una conclusión—. Su vestido será en azul.

—El escote...

Elena se estremeció al pensar que las quemaduras serían vistas por la gente y, lo peor de todo, que las vería Devereux. Ya advirtió en su cara el asco cuando el sombrero cayó al suelo, no quería imaginar cómo la miraría si veía las quemaduras del resto de su cuerpo.

—No se preocupe, pequeña, Cossete inventará una solución. —La francesa le abrochó los botones del vestido con cuidado.

—Mi madre decía que eras la mejor costurera de Londres.

—Y de París, no lo olvidéis —bromeó Cossete—. Su vestido será para bailar toda la noche.

Durante las dos temporadas sociales anteriores terminó sentada junto a las madres de las debutantes. Ningún joven caballero se dignó a pedirle un baile. Tan solo Troy la invitó, la humillación fue tan grande que desde ese día prefirió no acudir a esos actos. Nada de lo que allí había le interesaba y ella no interesaría jamás a nadie. No sería de nuevo el hazmerreír de los salones. Después de todo, si pasadas dos temporadas no conseguías marido, no lo harías nunca. Ella había estado tres. Rosalyn había insistido, la arrastró a la última como si llevara un animal exótico de un plumaje carbonizado, rememoró con tristeza.

Tres horas más tarde, esperaba en la calle para que la recogieran. El coche no se retrasó, el cochero bajó del pescante y le abrió la portezuela. Elena entró sin esperar la oscuridad que reinaba en el interior, cuando sus ojos se adaptaron a la penumbra, observó a su tía. Seguía con esa actitud silenciosa, pero algo en ella había cambiado. Su rostro mostraba un rictus frío y tan serio que omitió saludarla.

—¿Y bien? —preguntó Rosalyn sin mirarla.

—Tendré el vestido para dentro de dos semanas.

—No tenemos mucho tiempo, la temporada está a punto de acabar.

Elena asintió en silencio. En septiembre estaría casada con el conde o en la calle, ninguna de las dos opciones le parecía buena.

5

La siguiente cita con el conde Devereux estaba prevista para dos días más tarde. Los nervios de Elena se crispaban conforme se acercaba la hora de verlo. Esta vez, no sería tan fácil darle esquinazo. Confiaba en que el orgullo del hombre se viera resarcido cuando su prima aceptara la invitación al baile de la marquesa de Albridare. Muchos eran los chismes que se contaban de ella. La marquesa era una mujer independiente, comprometida con temas políticos que algunos consideraban impropios de una dama. Le gustaban las artes, no era difícil encontrarla en los mejores salones de Londres donde actuaban los más renombrados artistas del momento. Las malas lenguas aseguraban que mantenía con su esposo una relación en la distancia. Había viajado a Argel y a la India, se rumoreaba que hablaba cinco idiomas. Las fiestas de la marquesa eran lo mejor de la ciudad y todo el mundo deseaba obtener una invitación. Como la última vez, Devereux entró en la sala, su presencia llenó por completo la habitación. En la segunda cita no hubiera sido correcto hacerle esperar, pero tuvo que arrastrar a Virginia hasta la sala. La joven estaba cansada. Había pasado toda la noche bailando con un hombre del que decía se había enamorado.

—Señorita MacGowan. —La muchacha extendió la mano para que se la besara y de nuevo se sentó en el sofá.

El conde vestía esa mañana con colores oscuros, lo que recalcaba una personalidad mucho más fuerte y misteriosa. La chaqueta ensalzaba sus anchos hombros y los pantalones color chocolate se ajustaban a sus caderas y muslos con elegancia. Laramie se volvió hacia Elena y la saludó con una inclinación de cabeza, sin decir nada.

Devereux observó cómo se sentaba en la misma silla de respaldo alto. En esa ocasión, el día estaba nublado y no hubo ningún espejismo de belleza. Su peinado y vestido eran el mismo de la anterior cita. En cambio, Virginia optó por un vestido de muselina verde agua que destacaba el color rojo de su cabello y, también, su belleza.

—Espero que acudan al baile de la marquesa Albridare —dijo Laramie con la intención de distraer a la joven.

—Por supuesto, y sería un honor que nos acompañara.

Elena enrojeció por la forma tan directa en que su prima acababa de plantear la situación, pero la propuesta de la chica agradó al conde.

—Pensaba invitarla. —Sonrió—. No estoy acostumbrado a que las mujeres lo hagan, le confieso que ha sido encantador.

El conde estrechó la mano de Virginia y acarició

su muñeca con la yema de los dedos. La joven no retiró la mano. La muchacha, sin dejar de mirar a su prima, dijo:

—La otra vez escuchó cómo mi prima tocaba el piano, aún no la ha oído cantar. —Elena negó con la cabeza la sugerencia, sus ojos se agrandaron horrorizados. No le importaba tocar el piano; sin embargo, cantar delante de él era algo mucho más íntimo.

—Cantando no soy buena. —Intentó rehuir la petición.

—Es mentira. —Soltó la mano del conde y se puso en pie—. Cantas como los ángeles, no seas tan egoísta y deléitanos con una de tus canciones. —Virginia le sacó la lengua para provocarla y obligarla a aceptar.

El estallido de su prima fue una sorpresa para ambos, el conde no supo si aquella muchacha tenía el cerebro de una niña. Cada vez dudaba más acerca de la elección de casarse con alguien como ella.

—Cálmate. —Conocía muy bien el carácter voluble y caprichoso de Virginia—. Cantaré para el conde —respondió con resignación.

—No es necesario —dijo Devereux al advertir la mirada cohibida de la muchacha ante la exigencia de su prometida.

—Ella cantará, antes lo hacía —insistió, y con un gesto de asentimiento propio de una niña miró a Laramie.

Elena hubiera deseado tener una vasija de agua y hundir la cabeza de su prima dentro. El conde asintió y clavó los ojos en los de la joven. El azoramiento de la muchacha fue evidente.

—Cantaré —se apresuró a decir para evitar la mirada del conde.

Virginia no tenía ningún derecho a contar nada de ella y menos a un hombre como él. Se sentó en el taburete del piano, escogió una vieja canción de amor irlandesa, la preferida de su madre. El sonido etéreo de la música se extendió por la habitación e invadió el corazón de Laramie. Nunca había escuchado una voz como la de esa joven, cerró los ojos y recordó su infancia antes de la miseria, de la desgracia y el dolor. La música no solo resultaba embriagadora, sino que la voz de esa mujer constituía un bálsamo para sus heridas. Virginia tenía razón al asegurar que cantaba como los ángeles. De pronto, el hechizo se acabó, la muchacha entonó la última nota. Virginia se había dormido y el conde no la despertó. Se puso en pie y se acercó al piano. Elena no se atrevía a levantarse del taburete. El sentimiento que le invadía era tan lacerante que cuando alzó el rostro se encontró con que el conde le entregaba un pañuelo para que se secara las lágrimas.

—Ha sido muy hermoso —admitió con sinceridad a la vez que arrastraba la letra ese provocando en Elena una intimidad inquietante.

La joven no podía pronunciar una palabra, horrorizada por dejar al descubierto sus sentimientos huyó de la habitación.

Laramie cada vez estaba más asombrado; si todas las citas de los enamorados transcurrían así, terminaría enloquecido. Dos semanas antes había imaginado que enamorar a una debutante iba a ser fácil, pero ahora no tenía la seguridad de que fuera así. Salió al *hall*, donde un lacayo le entregó el sombrero. En el exterior aún quedaba algo de luz, ya que a finales de junio las tardes eran más largas. Decidió pasarse por el muelle, la caminata le despejaría la mente. Durante el camino la voz de esa mujer le perseguía como una sombra. Había sido estremecedor escuchar su sufrimiento. La canción era un canto al amor, aunque vislumbró una gran tristeza oculta tras la voz de la muchacha, y ella se había dado cuenta. Lo lamentaba por la joven, si el destino no hubiera sido tan despiadado, Elena MacGowan se habría convertido en su esposa. Se dijo que quizá su estupidez derivaría en algo mucho peor al escoger a Virginia. La mujer más hermosa de Inglaterra y heredera de un título, con una mentalidad infantil, una conversación nefasta y unos gustos simples, en vez de a una mujer cuyo interior albergaba solo belleza.

Elena se paseaba por el cuarto como un animal enjaulado, ¿cómo se había comportado de esa forma? Se recriminaba una y otra vez. En la mayoría de las ocasiones Virginia era considerada y tenía buen corazón, en otras se portaba como una niña malcriada, caprichosa y sin modales. No debía culparla, ella era la única responsable de ponerse en evidencia. Mostrar sus sentimientos a un hombre como Devereux, a alguien que la había insultado de una forma brutal. Apretó la almohada contra el rostro, gritó y el chillido quedó silenciado por las plumas de la que estaba hecha. Respiró hondo y bajó a la sala de música. El resto del día tocó el piano, lo único que la ayudaba a olvidar el bochorno sufrido. A media tarde un lacayo irrumpió en el cuarto.

—Señorita, un sirviente del conde Devereux ha traído esto para usted.

Asintió en silencio y aceptó la caja blanca envuelta con un hermoso lazo del mismo color. Lo abrió con manos temblorosas y descubrió en el interior una rosa blanca, tan perfecta que sintió cómo los ojos se le inundaban de lágrimas. Una nota decía: «Estaba equivocado.» No era una disculpa, pero sería lo máximo que lograría de un hombre como él. Cogió la flor, su perfección era singular. Se acercó a la luz y en uno de los pétalos la imperfección era visible, estaba quemado por el sol y le recordó a ella. Una sonrisa se dibujó en sus labios. El conde seguía siendo un hombre extraño, a veces brutal y otras, considerado; salvaje como el demonio y delicado como un poeta. En definitiva, se dijo con una sonrisa bobalicona delante del espejo, un pirata de los pies a la cabeza.

Aquel mismo día, Virginia entró en la habitación de su prima, vio la flor y la ignoró. Elena la había puesto en un jarrón y cuando se marchitara la conservaría en algún libro como un recuerdo especial.

—¡Ya está! —Virginia vestía un corsé muy escotado que dejaba poco a la imaginación. Sus pechos se balanceaban con un descaro irritante.

No le regañaría por un comportamiento tan desleal como el que había recibido durante la visita del conde.

Hacía tiempo que había aprendido a superar el carácter voluble y caprichoso de su prima.

—Estamos invitadas al baile de la marquesa. —La joven se tumbó en la cama.

—Bueno, eso es lo que queríamos.

—Lo que tú querías, yo estoy harta. —Virginia hizo otro de sus números melodramáticos y afirmó ilusionada—: Hay tantos hombres apuestos con los que bailar y divertirse..., sin embargo, el conde me mira como una posesión. Me siento igual que si estuviera comprometida con Barba Azul.

—Eso es estar comprometida. —Daría su brazo derecho por que algún hombre o, reconoció para sí, para que el conde, la mirara de esa forma.

—Madre dice que una mujer no es la posesión de un hombre.

A Elena le sorprendió el comentario de Rosalyn, pero por una vez estaba de acuerdo con su tía.

—Tiene razón —confirmó con una sonrisa.

—¿Y si nuestro plan no sale bien? —insistió Virginia, mientras se tiraba de uno de los tirabuzones. Una costumbre que tenía desde niña si algo le preocupaba—. Repasemos otra vez qué tengo que hacer.

—A medio bai...

—¿Ves? —dijo su prima—. Tendré que irme cuando todo está más interesante...

—Por favor —continuó—, a medio baile dirás que te encuentras mal. Una jaqueca horrible, tu padre te llevará a casa. Por supuesto, le pedirá al conde que me busque y no me encontrará, luego él tendrá que acompañarme a casa.

—Prima, si no consigues echarle el lazo a ese hombre te convertirás en una... —Virginia no continuó, ella misma se dio cuenta de que se había pasado.

—Si no me caso con él, no solo me convertiré en alguien marcada por la sociedad, tampoco tendré un lugar donde vivir.

Virginia se levantó de un salto de la cama, su madre le había prohibido hablar de ese tema, así que le dio un beso de buenas noches y se marchó. Elena se acercó al jarrón, acarició la rosa y aspiró su olor. Esa noche soñó con condes, bodas y piratas.

Al despertar, Elena se llevó otra sorpresa. Cossete había entregado el vestido muy temprano. Una doncella lo sacó de la caja y lo colgó en el armario para que no se arrugara. La costurera francesa no la decepcionó. La mujer había confeccionado un vestido de seda azul con tres volantes que estaban ribeteados en finos encajes de Flandes de un tono mucho más oscuro; un lazo del mismo color rodearía su cintura. Contaba con un generoso escote que cubrió con una gasa doble de color carne que se ajustaba al cuello, con diminutos botones con forma de perla. Abrió el cajón del tocador y buscó una caja verde de terciopelo. En ella guardaba las únicas joyas que no pertenecían a la familia MacGowan, eran de su madre antes de casarse. Lo que impidió que Rosalyn se quedara con ellas, algo que agradecería siempre a su tío. Tenían un bello tono turquesa que intensificaría el color del vestido y de sus ojos. La pequeña peineta oriental complementaría el atuendo de esa noche.

Dejó todo en el cajón del tocador y bajó a desayunar. No esperaba encontrarse a su tío al borde de un colapso. Tampoco a Rosalyn con el aspecto de una estatua de piedra, tan rígida que el maquillaje había desaparecido por completo de su rostro demacrado y mucho más envejecido que el día anterior. Elena se sentó a la mesa y observó las venas rojas a punto de estallar en las sienes de Troy. Virginia aún no se había levantado y lo extraño era que la pareja lo hubiera hecho. Elena se sirvió una taza de té cuando su tío estalló como una piñata de cumpleaños.

—¡Eres una zorra! —insultó a su esposa con voz enronquecida por la ira. Luego, señaló a Rosalyn con el cuchillo.

Elena se atragantó con el té y miró a su tío con la boca abierta. El matrimonio ignoró la presencia de una sobrina sorprendida por un espectáculo tan lamentable como despiadado.

—Y también soy tu esposa. —La voz de la mujer era gélida a la vez que cortaba en grandes trozos una loncha de beicon y se los metía en la boca.

—¿Cómo has podido? —dijo casi con resignación.

—No eres un hombre, nunca lo has sido y Roger hace que me sienta como una verdadera mujer —aseguró Rosalyn con tal desprecio que varios trozos de beicon salieron despedidos de su boca como dardos envenenados.

Al escuchar el nombre de ese hombre a Elena se le escurrió la taza de té de las manos. La suerte evitó que se rompiera.

—Ni siquiera has tenido la desfachatez de ser discreta. —Troy retiró con fuerza su plato. Por suerte, la intervención de uno de los criados evitó que se estrellara contra el suelo.

—Como tú con esa actriz —lo acusó Rosalyn. La mujer mostraba una palidez extrema producto de la furia que la invadía por completo—. ¿Crees que no sé que te acuestas con esa zorra?

Troy boqueó como haría un pez fuera del agua. Le señaló con el dedo de forma acusadora.

—No dramatices. —Rosalyn dejó la servilleta en la mesa—. Mantendremos la apariencia hasta que Elena se case con ese conde y encontremos un marido adecuado para nuestra hija.

Se levantó sin decir nada más y su tío salió tras ella. Elena quedó en el salón incapaz de creer lo que había visto. Entonces, comprendió qué hizo su tía el día en que visitaron a la modista. Se compadeció de Troy, no era un mal hombre, pero había cometido el error de escoger a una mala esposa.

La fiesta de la marquesa era el acto más esperado tanto para las debutantes como para las demás muchachas que el año anterior no habían pescado un marido. Para ellas sería la última oportunidad de conseguir un matrimonio ventajoso. Despacio, descendió por la escalera y comprobó que los ojos de su tío la admiraban, algo que desagradó a Rosalyn. Esta, a pesar de los esfuerzos de Troy para que se quedara en casa, asistiría a la fiesta.

—¡Estás preciosa! —exclamó con entusiasmo Virginia—. Seremos las jóvenes más guapas del baile.

Elena sonrió con condescendencia a su prima, pese al vestido nadie olvidaría quién era. Esa noche quería divertirse y dejó que la inocencia de Virginia la contagiara.

Troy acompañó a las mujeres al coche y subió en silencio. El espacio estrecho del carruaje envileció un poco la atmósfera que Elena quería proteger a toda costa. El camino a la mansión de la marquesa no era muy largo y pronto se vio envuelta en un mar de volantes, sedas y joyas. Las damas acudían a la fiesta con sus vestidos más llamativos, mientras que los caballeros lucían sus ropas más elegantes. Elena divisó a un par de conocidos e hizo una inclinación de cabeza a modo de saludo. La marquesa, por su parte, no había escatimado en el servicio. Grandes mesas repletas de diferentes bandejas de codornices, pavo relleno o guisantes a la *françoise*, pollo frío, lonchas de rosbif, costillas de cordero lechal *à la jardinière*, ternera con arroz, pato *à la Rouennaise* cuya mezcla de olores abrían el apetito hasta al más inapetente de los mortales. Al lado, colocaron una mesa para los más golosos con un espléndido surtido de postres: compota de cereza, tortas napolitanas, gelatina de Madeira, carlota rusa, fresas y pasteles que harían la delicia de los paladares más exquisitos. También tuvieron en cuenta los vinos y el champán que los acompañarían, después se tomaría una copa de clarete. Los sirvientes lucían libreas de terciopelo carmesí y oro. Todo era opulencia y daba igual adónde mirara siempre el esplendor era mayor. Gigantescas lámparas de araña iluminaban la sala. La orquesta amenizaba una velada que más tarde se transformaría en baile. El calor era lo único que impedía que la fiesta fuera perfecta. Esa noche en Londres la temperatura resultaba sofocante.

—Buenas noches. —Elena se volvió al reconocer la voz del conde.

Vestía sus mejores galas, estaba impresionante con el traje negro y el chaleco blanco. Un auténtico aristócrata. El pelo lo sujetaba en una coleta a la espalda. Nadie en Londres llevaba el cabello de esa forma. Al contrario de restarle masculinidad le concedía una virilidad mucho más llamativa. Pocos hombres lo llevarían así sin que su hombría se viera mermada. Pero un pirata, se dijo Elena, con una sonrisa pícara, era capaz de eso y de mucho más.

Laramie apreció la sonrisa de Elena, resultaba encantadora. Dos hoyuelos en las mejillas transformaron un rostro serio y distante, en un travieso duende. Hubiera dado uno de sus clíperes, el barco más veloz construido hasta el momento, por averiguar qué le había hecho sonreír y hacer aparecer al duende de nuevo. Esa noche, sus ojos verdes estaban relajados y se la veía feliz. El halo de tristeza que la acompañaba desde que la conocía había desaparecido. Se obligó a retirar la vista de ella y miró a Virginia, por algún motivo le desagradó la comparación. La muchacha estaba radiante. Una verdadera belleza, aunque la apostura, el cuerpo, los modales e incluso la manera de andar ya no le resultaban tan atractivos, más bien vulgares y sin gracia.

—Si me disculpan... —anunció Elena—. Tengo que saludar a unos conocidos.

—Por supuesto —dijo Laramie, y disimuló tras una

forzada sonrisa la irritación que sintió porque buscara otra compañía.

—Necesito tomar algo, estoy desfallecida —pidió su prometida con un aleteo de pestañas muy seductor y estudiado.

—Claro, querida, te traeré una taza de ponche —se ofreció, molesto por la actitud indiferente del ángel quemado.

Devereux siguió con los ojos a Elena. Como dijo, se acercó a un matrimonio, creyó que se trataba de la duquesa Reinstons, quizá fueran conocidos de los antiguos lady y lord MacGowan. Recordó algunos de los detalles que había averiguado sobre ella. Hasta ese fatídico día era la única heredera de la casa MacGowan, el accidente en el que murieron sus padres no solo le hizo perder su título, sino también su fortuna. Se rumoreaba que era la culpable de las muertes, que una vela mal apagada junto con un descuido infantil había ocasionado un accidente fatal. Cuando regresó al lugar donde había dejado a Virginia, la muchacha había desaparecido. Entonces divisó a Elena salir al jardín, sin saber por qué, la siguió.

Elena no había probado bocado desde el desayuno y se sentía algo fatigada. Cossete había realizado un excelente trabajo para disimular sus quemaduras, aunque la tela gruesa del vestido no era lo más recomendable para esa noche bochornosa. Se escabulló de la fiesta y se dirigió al laberinto, se sentó en un banco y se desabrochó los pequeños botones dejando al descubierto los hombros. Respiraría durante un instante, y allí ningún invitado la molestaría. Un ruido la sobresaltó y la hizo ponerse en pie. El trozo de tela color carne que Cossete le había pegado al vestido se cayó al suelo, y después de recogerlo se encontró con los ojos negros del conde Devereux observándola. Se sentía tan expuesta, tan vulnerable que bajó la mirada. Laramie había visto cosas mucho peores. Las quemaduras le recordaron al tatuaje de varias serpientes reptando por su hermosa piel, pero no le dio tiempo a decírselo. Elena se perdió en el laberinto con tanta prisa como un ciervo en una cacería.

El conde, tras la sorpresa, regresó al baile y la buscó sin encontrarla. En cambio, su prometida estaba acompañada de sus padres. Lady MacGowan se había vestido con tantos adornos y joyas que la confundirían con un adorno navideño. Se acercó a saludar a su futuro suegro e ignoró a su esposa.

—Buenas noches, lord MacGowan.

—Conde Devereux, Virginia no se encuentra bien.

El rostro de la muchacha estaba enrojecido, pequeñas gotas de sudor aparecieron en la blanca frente de la joven.

—Lamento oír eso. El ambiente es sofocante, quizá un poco de aire fresco...

—Padre, voy a vomitar —interrumpió su prometida.

Mientras había estado sola había bebido más ponche del que debiera y ahora pagaba las consecuencias. La cara de bochorno del padre habría hecho gracia a Laramie si la chica en cuestión no fuera su prometida, no era tan estúpido para no ver que lady MacGowan estaba borracha. Su padre la agarró con fuerza del brazo.

—Comprenderá que debamos marcharnos. No encuentro a Elena y no puedo dejarla aquí, ¿sería tan amable de acompañarla a casa?

Laramie aceptó sin tener en cuenta lo que suponía para un hombre soltero acompañar a una dama sin compañía hasta su casa. Troy sonrió con una sonrisa tan efusiva que desconcertó al conde. No tuvo tiempo de analizarlo ya que la cara pálida de Virginia anunciaba que pronto se convertiría en el centro de atención de la fiesta. MacGowan sujetó a su hija y casi en volandas, seguido por su esposa, la llevó a la salida sin despedirse de la anfitriona como era debido.

El conde buscó de nuevo a Elena, pero no la encontró. Esa noche se estaba convirtiendo en un auténtico desastre y tan solo acababa de empezar.

6

Elena vio a su tío abandonar la fiesta con Virginia, era el momento para que la farsa subiera de nivel. Esperó inquieta a que el conde llegara hasta ella. Se puso en pie dispuesta a marcharse, pero no estaba preparada para lo que sucedió entonces.

—¿Me concede este baile? —le pidió.

Elena creyó que lo había imaginado, él le tendió la mano y la condujo al centro del salón. No tenía anotada ninguna petición en su carné y el conde lo sabía, así que no pudo negarse. Muchas miradas se posaron en ellos. Laramie advirtió que se estremecía cuando colocó la palma de la mano en la estrecha cintura de la joven. No era tan alta como su prima. Los zapatos de tacón francés ayudaban a realzar su cuerpo; sin embargo, estaba tan rígida que pensó que se partiría al escuchar las primeras notas del vals.

—Relájese —susurró Laramie con una sonrisa—. No muerdo.

Elena sintió que sus mejillas enrojecían de vergüenza. No ignoraba que el conde conocía que en ese tiempo no había recibido ninguna invitación.

—Hace mucho que no bailo —confesó, era absurdo negar lo obvio.

Elena sintió el dedo pulgar del conde recorrer la tela del escote de la espalda con suavidad, no lo notaba en la piel gracias al añadido de Cossete. A pesar de ello, el gesto fue atrevido y el conde sonrió. Ella clavó sus pupilas en las suyas como si no ocurriera nada. Quizá se lo había imaginado cuando la había acercado a él más de lo que la etiqueta exigía. El desconcierto se reflejó en sus ojos.

Laramie no entendía qué demonios estaba haciendo. La había acariciado, aunque de forma involuntaria y de la misma manera la había atraído hacia él. El aroma de la muchacha le resultaba tentador. Se imaginó cómo sería tenerla entre sus brazos, desnuda y entregada a la pasión. Ese pensamiento le hizo sentirse incómodo. Esa chica entonaba un canto de sirena, pero él necesitaba una esposa bella, perfecta y con un título. Ninguna de las tres cosas que se repetía hasta la saciedad evitó que al mirar sus ojos verdes no sintiera ganas de apoderarse de su seductora boca. En su temor a dejarse llevar por un malsano deseo se detuvo en medio del baile. Si hasta ese instante algunas miradas los seguían con curiosidad, ahora, todo el mundo los observaba. Elena comprobó el desconcierto del conde. Había aceptado sus atenciones, no podía culparla por ello. Lo hubiera matado cuando se marchó dejándola en medio del salón. Con el orgullo que aún conservaba y que no era mucho después del comportamiento de ese hombre, regresó a la silla en la que esperaría hasta que volviera para llevarla a casa. Si se marchaba sin ella el plan fracasaría.

La duquesa de Sutherland, una mujer malintencionada y capaz de destrozar la reputación de cualquiera con uno de sus comentarios, se acercó a Elena.

—Señorita MacGowan, su compañero de baile ha sido tan descortés que me he visto en la necesidad de hacerle compañía hasta que alguien de su familia la lleve a casa. —La mujer estiró el cuello buscando a su tío.

—Señora, creo que eso no será posible —respondió Elena, sonrojada.

Una cosa era trazar un plan en la tranquilidad de su hogar y otra muy distinta realizarlo en medio de una fiesta siendo el objeto de tantas miradas.

—¡Hum! Su tía también se ha marchado —reconoció la mujer, con una sonrisa maliciosa—. Eso ocurre con gente como ese... ese...

—Conde —dijo Elena con cierta timidez.

—Sí, cuando gente como el conde, sin modales ni educación británica son invitados a fiestas donde asiste gente tan respetable como...

—Usted —dijo de nuevo la joven. La duquesa advirtió ironía en la respuesta. El calor sofocante le hizo abanicarse con fuerza, y omitir una contestación que pusiera a esa chica en su lugar—. ¿Quiere un clarete? —preguntó Elena con cortesía fingida que la sexagenaria dama aceptó encantada.

Tanto la duquesa como ella tomaron más de una copa de clarete, sin dejar de comentar el comportamiento del conde. La compañía de la duquesa convirtió los minutos en tediosas horas. Esa mujer no dejaba de hablar y a Elena empezó a dolerle la cabeza. Con una frialdad pétrea se mantuvo ajena a las miradas y comentarios hasta que el origen de sus pensamientos regresó con un gesto hosco. No se disculpó, ella tampoco hubiera aceptado unas disculpas que no fueran pronunciadas con sinceridad. Era el hombre más embrutecido y desconsiderado que había conocido jamás. Los demás, al menos, no la ridiculizaban de aquella forma, solo la ignoraban. Cuando Laramie Devereux le ofreció el brazo, clavó las uñas en él, pero el conde ignoró ese hecho.

—Duquesa Sutherland —dijo e hizo una inclinación tan respetuosa que solo correspondería a la reina de Inglaterra.

—Conde Devereux —contestó la duquesa, con un tono de voz frío y condescendiente que encendió la ira de Laramie.

Estaba acostumbrado a recibir miradas de gente como la duquesa. Miradas de reproche, de asco, de superioridad por creerse mejores. Miradas de desprecio mezcladas con deseo y lujuria, a veces por esas mismas mujeres que ahora cuchicheaban sobre la manera en cómo había tratado a Elena. Esas mismas damas en más de una fiesta, y a escondidas de sus padres, hermanos o esposos, se le habían ofrecido para que disfrutara de ellas de la manera que deseara. Todas querían a un hombre como él para meterlo entre las sábanas. Presumir entre sus amistades de tener a un pirata como amante, a un hombre peligroso, a una mezcla de caballero por nacimiento y rufián por necesidad, entre sus piernas. Sin embargo, a la luz del día, ninguna de esas mujeres se dignaría a dirigirle una mirada ni un saludo. El haber conseguido una esposa en una partida de cartas en el fondo le indignaba. Obligar a una joven a contraer matrimonio, casi por la fuerza, no le enorgullecía; ni tampoco, ridiculizar a una muchacha cuyo destino podía considerarse mucho peor que el suyo.

Condujo a Elena hasta la salida. Si antes las miradas fueron de burla, humillación y lástima, en ese momento eran de desconcierto. Al día siguiente la considerarían la amante del conde y eso sería un justo castigo por su comportamiento.

—¿Por qué sonríe? —le preguntó entre molesto y avergonzado por haberla dejado en medio del baile. Pero agradecido por ver en su rostro los dos hoyuelos que la convertían en una mujer muy hermosa.

—Por usted y su falta de clase. —La respuesta terminó por irritarlo. No entendía cómo sentía deseo por una mujer como ella. Siempre quería lo mejor y esa chica, cuya piel se asemejaba a la de un cocodrilo, distaba mucho de serlo.

—Lamento no haber terminado el baile —se disculpó entre dientes.

—No importa, ¿qué se puede esperar de un hombre como usted?

La voz angelical de la muchacha escondía veneno, se dijo que aguantaría los reproches como pago por cómo la había plantado en medio del baile.

—¿Un hombre como yo? —Lo sorprendió aún más sentir interés por lo que ella pensara sobre él.

—Sí, un hombre de carácter variable, con modales dudosos, heredero de un gran título y con un comportamiento de alguien de la edad de las cavernas.

Cada palabra de ella era una bofetada que le indignaba más.

Elena quería vengarse de la humillación recibida. Durante el tiempo que había permanecido en compañía de la duquesa Sutherland en la fiesta, ideó mil maneras de torturarlo. Solo disponía de su lengua y como un cañón se dispuso a disparar toda la munición que fuera necesaria.

—¿Es eso lo que opina de mí? —Esa bruja de ojos verdes con lengua de serpiente y voz de sirena no se saldría con la suya. Quería ofenderlo y nada de lo que le dijera lo haría. Recordó cómo reaccionó de una forma encantadora cuando la sacó a bailar y se preguntó qué haría si la besaba.

—Bueno... —Advirtió un brillo retador en los ojos del conde y no se resistió a lanzar la última munición—. Un contrabandista de opio.

Laramie podía aceptar muchas cosas, menos que esa mujer lo acusara de ser un traficante. Durante un tiempo estuvo abocado a vivir de forma miserable y a aceptar una vida que iba en contra de sus principios y de su honor. Había sido contrabandista y algunas veces pirata, hizo todo lo que fue necesario para sobrevivir, pero de eso hacía ya mucho tiempo. Recordarlo avivó el lado salvaje de esa vida que lo había marcado para siempre y procuraba ocultar bajo un gesto adusto.

—No debe acusar a un hombre de algo así y menos sin tener pruebas —dijo con una voz profunda y cortante.

La pronunciación, mucho más marcada en francés que de costumbre, la intimidó lo bastante para que se apretara contra el asiento del coche. Sus palabras habían sonado a amenaza. Y no podía olvidar que estaba sola con él en un coche cubierto.

—Todo el mundo lo dice.

—Dicen muchas cosas, como que fuiste la causante de la muerte de tus padres al cometer el error de dejar una vela encendida —contratacó él.

Elena lanzaba llamaradas de odio por los ojos. Había soportado de ese hombre la humillación más absoluta y, al mencionar el accidente, no contuvo las ganas de abofetearlo. Ella se acusaba de la muerte de sus padres todos los días, pero oírlo en la voz del conde era insoportable. Laramie la agarró de la muñeca y la atrajo con fuerza hacia él. Elena cayó de rodillas a sus pies, mientras el conde la miraba sin dejar de sujetarla. El rostro de Devereux estaba tan cerca de ella que veía su reflejo en esos hipnóticos ojos. Notó la mano tras su espalda y como si estuviera presa del peor de los hechizos se dejó arrastrar hasta que ambos cuerpos se rozaron. Entonces, el conde se apoderó de su boca. Elena se vio envuelta en un tumulto de emociones. Ningún hombre la había besado y dudaba de que el conde volviera a hacerlo el día en que descubriera el engaño. Por esa razón se entregó por entero a ese beso. El sabor a clarete de las copas que bebió se entremezclaba con el whisky que Devereux había tomado en el baile. Su proximidad despertó un anhelo desconocido para ella que se extendió por su piel. En el instante en que sus lenguas se rozaron, la intimidad le contrajo el estómago. Se pegó a él como una perra en celo con ganas de que la acariciara. Llegado a ese punto, su mente fue incapaz de razonar con normalidad. Le faltaba el aire en los pulmones como si hubiera escalado una montaña y su interior se transformó en mantequilla fundida cuando notó la excitación del conde contra sus piernas. Un gemido ronco y obsceno se escapó de su garganta. Ni siquiera notó que el coche se detenía, tampoco que Laramie se había separado de ella y la miraba con expresión de triunfo.

—Ahora, además, soy un ladrón por robarle un beso.

Elena intentó controlar la respiración ante la mirada burlona del conde. Regresó al asiento tan avergonzada por su comportamiento que podría encender una chimenea con el sonrojo de sus mejillas. El conde golpeó con el bastón el techo del carruaje y el cochero abrió la portezuela. Devereux la ayudó a bajar. Habría huido si su cuerpo hubiera sido capaz de acatar dicha orden. Laramie le besó la mano para despedirse, ese contacto pudo con la cordura de Elena. El conde vio los labios enrojecidos y la respiración entrecortada de la chica y se regañó a sí mismo. Había sido un desalmado al despertar de esa manera, en ella, la pasión. La joven se había entregado a él con ansiedad. De nuevo, el horror se reflejó en su rostro, ¿cómo era tan cobarde de comportarse de esa forma con una mujer como Elena? Ella jamás tendría a un hombre a su lado y él había sido cruel al mostrarle lo que se perdería.

—Que pases una buena noche —se despidió con prisas.

Devereux montó en el coche y volvió a golpear el techo con el bastón para que se pusiera en marcha. Elena cada vez comprendía menos la actitud del conde. Devereux la había besado. Se acarició los labios con las yemas de los dedos, no había sido un sueño, tenía la boca hinchada y recordó el olor de su colonia junto con la presión de su pecho. El calor abrasador volvió a invadirla y supo que esa noche no dormiría, ni tampoco la siguiente.

Era el tercer golpe que acertaba de lleno en su hombro, el segundo recayó en la barbilla y el primero, en el estómago. Si seguía así, Charles acabaría con él en menos de dos asaltos. Le extrañó que alguien lo derrotara con tanta facilidad y que se dejara golpear de esa manera, pero tenía la cabeza en otro lado. Esa noche necesitó una botella de whisky para aplacar el ardor que el ángel quemado despertaba en él. Como era de esperar, el cuarto golpe lo lanzó al suelo del cuadrilátero. El Club Nacional de Londres de boxeo aceptaba a caballeros que podían pagar las cuotas, eso bastaba. Laramie creía que era necesario establecer normas en las peleas si no se quería acabar como un trozo de carne ensangrentado. Más de un imbécil terminaba con los dientes rotos. Los golpes que Charles y él se daban procuraban no ser vitales, aunque su amigo se empleó a fondo esa mañana. Le tendió la mano y le ofreció una toalla para que se limpiara el sudor del torso. Devereux tenía un tatuaje de su blasón en el hombro, esa marca no era de caballeros, ni siquiera de hombres de bien, pero Laramie se había hecho hombre en los mares de China. El médico retiró la vista del tatuaje para no disgustar a su amigo y le preguntó:

—¿Qué te ocurre?

Charles se alegró de tumbarlo, mas no era estúpido. El conde era mucho más alto que él. Y poseía la musculatura de alguien acostumbrado a realizar esfuerzo físico como marino, mientras que él no había practicado mucho deporte ocupado en sus estudios en Oxford.

—Nada —sentenció, y se restregó la toalla por los brazos.

—Te conozco lo bastante para saber que estás mintiendo. —Charles levantó un dedo y lo movió de derecha a izquierda.

Odiaba a ese muchacho en esas ocasiones, se sentía como un niño pillado en una mentira, en realidad era cierto, estaba mintiendo. No podía explicar algo que ni él mismo entendía.

—¿Qué se dice por ahí de mi compromiso? —preguntó para distraer la atención de Charles.

Reconoció que sentía cierta curiosidad por enterarse de qué se cocía en los rincones aristocráticos, porque cuando se casara con Virginia traería a su hermana de Viena y viviría con ellos. Le buscaría un buen esposo y cumpliría la promesa hecha a su madre.

—Dicen que te has comportado como un crápula. —Charles sonrió, se abrochó la camisa y se anudó el lazo.

—¿Yo? —Ni siquiera había besado a su prometida—. No he hecho nada indecoroso con lady MacGowan.

—Con ella no. —Le lanzó una de las toallas usadas—. Su prima es otra cosa.

Laramie se metió la camisa por los pantalones con más fuerza de la necesaria. Aunque le doliera reconocerlo, se había comportado mucho peor que eso. Siempre había sido un hombre que satisfacía sus necesidades sin tener en cuenta las consecuencias.

—Solo la acompañé a casa.

—Amigo, hiciste más que eso.

Laramie miró sorprendido los ojos de Chapdelaine, se preguntó cómo había corrido la noticia tan deprisa, dudaba de que hubiera salido de Elena.

—¿Qué quieres decir? —se atrevió a preguntar, se calzó las botas y se puso la chaqueta.

—Acompañaste a una joven soltera sin carabina en un coche cerrado. Lo menos que dicen de ella es que es tu amante.

—¡Eso es mentira! —Laramie no entendía cómo las cosas se habían enrevesado tanto.

—Supongo que sí, tú no te fijarías en una mujer como Elena.

—¿Por qué lo crees? —Las palabras de su amigo hicieron que sin querer defendiera a la joven.

Charles dejó de ponerse una de las botas y miró a Devereux.

—Porque no es una perfecta rosa inglesa.

—No, no lo es —reconoció el conde, pero la noche anterior hubiera dado toda su flota porque lo hubiera sido.

—Tendrás que adelantar la boda con Virginia si no quieres terminar casado con Elena; si la comprometes más, nadie en Londres dejará que entres en sus casas ni asistas a sus fiestas y Anna...

—¿Qué le ocurriría a mi hermana? —Laramie ejercía una protección enfermiza sobre Anna.

—No podrá casarse con quien deseas. —Laramie no advirtió el esfuerzo que le costó pronunciar esas palabras, ni tampoco la tristeza en sus ojos.

—Jamás dejaré que eso ocurra, mi hermana volverá a ser una condesa.

La determinación de Devereux irritó al médico. Charles tenía mucho que agradecerle, gracias a él concluyó los estudios de medicina, pero su juicio clasista, desconsiderado, autoritario y egocéntrico le provocaba ganas de darle otra buena paliza como la de ese día.

Entretanto, no muy lejos de allí, Elena pensaba lo mismo que Charles. La noche anterior se había dejado influir o, mejor dicho, hechizar por un hombre cruel y déspota, capaz de considerar a una mujer un objeto al que utilizar y dejar en evidencia delante de todo el mundo. Pronto descubriría lo que suponía la humillación. Pronto saborearía lo que era ser desdeñado por otros por ser diferente. Muy pronto, todo el mundo se reiría de él. Cuando descubriera que su bella y hermosa condesa no era otra que Elena MacGowan, una esposa sin dinero, sin título y sin belleza. Entonces no volvería a ser el mismo. Se sentó en la cama y miró la rosa, los pétalos empezaban a marchitarse. Furiosa, la cogió y la aplastó, las espinas se le clavaron en la palma de la mano, el dolor no le importaba, era peor lo que ese hombre le había hecho. Había despertado en ella unos sentimientos tan abrumadores que quería sentirlos de nuevo, quería ser besada de esa forma, ya no se conformaría con menos. Había leído en los libros de la biblioteca de su padre qué significa la unión entre un hombre y una mujer. Había notado la excitación del conde y la propia, se avergonzó al saber que habría obedecido cualquier petición, como una mujerzuela. Podía perdonarle que le robara un beso, nunca que le robara la voluntad.

Laramie se vería con lord MacGowan esa misma tarde, no echaría a perder su matrimonio por un escándalo que carecía de fundamentos. Además, las noticias de Auguste de Chapdelaine acrecentaban su desasosiego por la vida del misionero. Había sido encarcelado, aunque no se lo había contado a Charles para no preocuparle. El cuidado de ese muchacho era el pago por la deuda contraída hacía muchos años con Auguste. Si él no hubiera intervenido aquel fatídico día, en la que los barcos ingleses abordaron y mataron a la mayoría de sus compañeros, estaría muerto. Aún recordaba cómo lo habían dejado atado a un madero mientras subía la marea. El agua casi había llegado a su barbilla cuando vio a Auguste en una barca. Rezó a Dios todas las plegarias que recordaba de su infancia para que aquel hombre lo rescatara y, así fue. Ese día, Auguste había cambiado de camino y por designios del destino había empezado su avance misionero por esa zona de la costa que jamás antes había recorrido. Todavía, después de tanto tiempo, se despertaba con la sensación de que el agua ascendía por su cuerpo hasta ahogarlo. Unos años más tarde, el misionero le pidió que cuidara de Charles y esa fue la manera de pagar la deuda con el hombre que fue su salvador.

Guardó la carta en uno de los cajones. Se puso en pie y se miró en el espejo colgado encima de la chimenea del despacho. La imagen de Elena con los labios enrojecidos por sus besos se le apareció como un fantasma del pasado. Se volvió para no verla; nada impediría que se casara con Virginia. Salió de la habitación decidido a anunciar a todo el mundo su enlace matrimonial, su mayor logro sería presumir de una simple, reconoció, pero hermosa condesa.

Troy miró a su sobrina, las habladurías acerca de su esposa habían quedado relegadas ante las provocadas por Elena. La muchacha arriesgaba demasiado. Si el engaño no se llevaba a cabo se vería en la calle y con una reputación manchada para siempre.

—Tío, no debe preocuparse. —Habría bebido la copa de brandi que en ese instante Troy sujetaba.

—¡Cómo me dices eso! Todo el mundo habla de ti y de ese hombre. Te aseguro que son comentarios muy malintencionados y nada benevolentes.

—Eso es lo que queríamos.

La frialdad de Elena lo sorprendía cada vez más. Esa muchacha parecía un estratega militar. La imaginó dirigiendo un batallón y venciendo con seguridad en cualquier contienda a la que se enfrentara. Eso lo relajó. Por alguna razón su sobrina esa mañana estaba dispuesta a asaltar al conde y plantar la bandera encima de su cabeza.

—Espero que tengas razón y que su visita no sea para anular el compromiso. —No deseaba que Virginia se casara con un hombre como Devereux. Había permitido que la situación dejara en evidencia a Elena, algo que tampoco favorecía a la familia si no conseguía casarse con él.

—Tío, no se preocupe por eso, Virginia es demasiado bella para que la rechacen.

—Si fuera un hombre inteligente lo haría —continuó, preocupado—. Tras el comportamiento impropio de una dama por parte de tu prima hasta yo le aconsejaría que no se casara.

Elena sonrió ante el comentario de su tío. Virginia había llegado borracha a casa, su padre había tenido el tiempo suficiente para sacarla de la fiesta sin que nadie descubriera su estado. Como excusa alegó un terrible dolor de cabeza, algo que en verdad disfrutó al día siguiente. Elena se levantó de su asiento cuando el lacayo anunció la visita del conde.

—Señorita MacGowan —saludó Devereux al verla.

Elena vestía un vestido gris. Si de él dependiera no usaría algo tan anodino y sin gracia. La joven se había peinado el hermoso cabello dorado en una trenza que descendía con suavidad por el hombro quemado. Los ojos de Laramie miraron sus labios, algo que hizo que Elena enrojeciera.

—Conde Devereux —respondió, sin mirarlo a los ojos. Ya había tenido suficientes humillaciones.

Elena se marchó sin decir nada más y cerró la puerta. Subió a su habitación y se puso la almohada en la boca, acalló de nuevo un grito de impotencia. No podía ser, no podía dejar que su corazón se interpusiera. Si ese hombre llegaba a descubrir que la atraía, sería su perdición. Necesitaba casarse, no amar a su esposo, no a un hombre como él.

En el despacho, Troy le ofreció una copa de coñac a Devereux y esperó a que hablara.

—Lord MacGowan, dado mis negocios —empezó—, necesito casarme mucho antes de lo que supuse.

—¿Cuánto antes? —Troy apretó los dientes al imaginar a qué negocios se refería.

Devereux advirtió el gesto de desprecio en el rostro de su futuro suegro.

—Una semana. —La voz del conde fue tan rotunda que Troy no discutiría al respecto. Ambos hombres sabían que se jugaban mucho.

—Está bien. ¿Cuándo quiere anunciarlo?

—No me importa cuándo lo anuncie, es más, me encargaré yo mismo de comentarlo. Debo partir a China dentro de una semana y Virginia me acompañará.

—Con una condición —Elena insistió en ese punto y debía plantearlo con naturalidad para que el conde no se diera cuenta de nada—, se anunciará la boda con la señorita MacGowan, mi hija no es lady, aunque lo será a mi muerte y esta familia es estricta en cuanto al cumplimiento del protocolo.

Laramie estaba tan sorprendido ante la aceptación de aquel hombre que asintió sin percatarse de lo que eso suponía.

—Claro, si es su costumbre...

Brindaron con una copa de coñac y al final dejó en manos de lord MacGowan el anuncio de la boda. Le apenaba que Anna no asistiera al enlace. Al mirar a Troy, sin embargo, sintió que una gran tormenta se acercaba por estribor y su instinto pocas veces le engañaba. Desterró esa idea tan absurda y se despidió de su futuro suegro. Necesitaba celebrar su compromiso y lo haría en el burdel Paradaise, jugaría un par de partidas de cartas y quizá buscara la compañía de una mujer con ojos verdes. ¡No! ¡Verdes, no!

Elena se apresuró a bajar los escalones, lo hubiera hecho de dos en dos, pero valoró el riesgo de romperse el cuello al enredar los pies con los aros de la falda. Con el corazón agitado llamó a la puerta del despacho.

—Puedes pasar —dijo su tío.

—¿Cómo ha ido? —Había barajado varias posibilidades a cuál más terrorífica, la peor era que se hubiera roto el compromiso.

—Te casas en una semana.

Elena sonrió y Troy sintió lástima por ella, parecía creer que ese hombre había venido a pedir su mano.

—Debemos evitar que descubra la verdad hasta ese momento. ¿Le ha pedido que anuncie el compromiso con la señorita MacGowan y no con lady MacGowan?

—Se ha tragado el anzuelo y la caña. Tiene demasiada prisa por casarse. —Troy rio por primera vez con satisfacción desde que se había enterado de que Rosalyn tenía un amante.

—Entonces, solo queda concederle su deseo. —Elena sintió el aguijón de los celos atravesar su pecho.

Troy necesitaba asegurarse de si, de verdad, su sobrina estaba dispuesta a casarse con un hombre del que se decía que era contrabandista de opio. Los remordimientos lo invadieron al imaginar que Robert se retorcería en su tumba al ver con quién se casaba su hija. Imaginó los ojos dolidos de Victoria si estuviera viva y sintió un estremecimiento.

—Aún estás a tiempo.

—¿A tiempo de qué? —Elena no había hablado jamás de esa forma tan acusadora—. ¿De convertirme en la pariente pobre, en una mujer sin título, sin dinero y sin un hogar?

—Elena... —Troy, avergonzado, bajó la mirada.

—Prefiero arriesgarme con un contrabandista de opio. —Se puso en pie—. Deben vernos a Virginia y a mí juntas en todo momento.

Troy asintió, no negaría que Elena tenía razón y si antes se había sentido culpable ahora se sentía despreciable. Apuró la copa de brandi y dejó que el calor abrasador del alcohol empañara los remordimientos.

7

El día de su boda, los nervios le impidieron desayunar los pastelillos que Bety, la cocinera, había preparado en honor de la novia. Algo temblorosa, Virginia la ayudó a vestirse; pretendían evitar que ningún sirviente descubriera el engaño y llegara a oídos de Devereux. El traje que había confeccionado Cossete era un sueño para cualquier novia. La modista francesa participaba en el engaño y Elena confiaba en su silencio y discreción.

—¡Es extraordinario! —exclamó Virginia con admiración.

La seda blanca caía hasta sus pies con brillos tornasolados. Al final de la falda Cossete había bordado en color crema varios racimos de flores. Su cintura se acentuaba con un lazo de satén del mismo color que los bordados. Un broche de brillantes de la casa MacGowan prendía del pecho. El traje abotonado al cuello y ribeteado con encajes disimularía las quemaduras. Los zapatos de tacón francés la ayudarían a que nadie notara la diferencia de estatura existente con Virginia. Además, un velo de encaje grueso evitaría que descubriera la identidad de la novia hasta después del «sí quiero». Temía ese instante, no estaba segura de cómo reaccionaría ese hombre. Sin embargo, sintió un triunfo anticipado al imaginar su orgullo pisoteado por una joven como ella, una mujer defectuosa a ojos del conde. La modista francesa le había dicho que, sin duda, pondría de moda el velo cubriendo el rostro. Esperaba que Devereux no conociera las modas femeninas.

Su prima la despidió con un beso antes de salir de la habitación.

—Estás preciosa —dijo Virginia, y en su simplicidad olvidaba que el conde no pensaría lo mismo.

—Gracias —respondió temblando, y se cubrió la cara con el velo.

Bajó la escalera con lentitud, temerosa de afrontar una boda tan falsa como un espejismo en el desierto. Lo que hacía no era correcto, engañar a un hombre para casarse era imperdonable. Pero ¿qué opción tenía? Al ver a sus tíos en el *hall* alzó los hombros, consciente de que era muy tarde para arrepentirse. La primera prueba de fuego la pasaría con el servicio. La esperaban en fila para desearle suerte en el matrimonio que se celebraría ese día. Si les había extrañado que la muchacha escogiera a Elena para arreglarse, como buenos sirvientes, no dijeron nada.

—Lady MacGowan —carraspeó James, el mayordomo de la casa—, en nombre de toda la servidumbre le deseo la mayor de las felicidades.

Asintió con la cabeza y estrechó las manos del criado. El hombre dio un paso atrás y regresó a la fila, durante un segundo la miró con desconfianza. Virginia era una muchacha habladora, esperaba que la falta de palabras fuera achacada a los nervios previos a la boda. Troy se acercó y le ofreció el brazo, se agarró de él y se encomendó a sus padres. Esperaba que saliera como había planeado o sería una paria en su propia tierra, ya que no habría un lugar en Londres donde ocultarse sin que la humillación la señalara.

El carruaje iba tirado por seis caballos negros engalanados con perfectas rosas blancas, un regalo de Devereux. Eso la hizo sentirse aún más miserable al llevar a cabo el engaño.

—¿Estás segura? —le preguntó Troy cuando subieron al carruaje. Sudaba y se limpió la frente con un pañuelo de seda.

—Ya no hay vuelta atrás, ¿no crees? —añadió con acritud Rosalyn, cuyo rostro mostró un gesto desagradable.

—Rosalyn tiene razón.

Troy guardó silencio, quizá el destino fuera benevolente con la muchacha, al menos, es lo que deseó para acallar los remordimientos por lo que le permitía hacer.

El carruaje llegó a la abadía de Westminster. Elena, al ver el lugar en el que se casaría, sintió un fuerte temblor en las piernas. El conde, como poseedor de un título nobiliario, había solicitado contraer matrimonio en aquel lugar privilegiado. Ignoraba cómo lo logró a pesar de su fama, pero hubiera deseado casarse en otro sitio y no en la abadía. Supuso que Devereux habría invitado a demasiada gente importante, algo que aumentaría su humillación.

—¿Preparada? —preguntó Troy, dispuesto a concederle la oportunidad de escapar de allí si ella se lo pedía.

—Sí... —susurró con un atisbo de cobardía.

Su tío la acompañó por el pasillo de la iglesia hasta el altar, donde hizo entrega de la farsante al conde Devereux. Estaba impresionante con un traje oscuro que acentuaba su atractivo. Llevaba el pelo sujeto en una coleta a la espalda y portaba un brillante como alfiler de corbata. Se había afeitado la barba, algo que otorgó a su rostro una masculinidad que atrajo la mirada de muchas de las mujeres asistentes al enlace. Sus ojos negros avivaron en Elena las sensaciones provocadas al recordar su boca sobre la suya.

Los invitados, entre los que se encontraban duques, marqueses, condes, y también hombres como Roger Matherson, esperaron a que el pastor pronunciara los votos sagrados que unirían a los dos jóvenes.

—Señorita MacGowan —dijo el sacerdote, a la vez que un murmullo de voces surgió a su espalda. Elena rogó a Dios que Devereux no fuera consciente de ello, aunque Charles, más versado en dichos temas, miró con desconfianza a los asistentes—, ¿aceptáis a Laramie Devereux de Foissard, conde Devereux como vuestro legítimo esposo?

—¡Sí! —se obligó a no gritar para que no la reconociera.

—Conde Devereux —preguntó de nuevo el pastor—, ¿aceptáis a la señorita MacGowan como legítima esposa?

—Sí. —La voz profunda y ronca del conde se abrió paso a través de los murmullos cada vez más crecientes.

—En nombre de Dios yo os declaro marido y mujer.

Devereux alzó el velo y al enfrentarse a la realidad sus ojos mostraron un odio tan evidente como real. La joven retrocedió un paso temerosa de que la golpeara, pero la sujetó del brazo y le susurró al oído.

—¡Maldita zorra quemada!

Las palabras le dolieron mucho más que cualquier golpe que le hubiera dado. Agarró la mano de su esposa y la condujo hasta la puerta de la abadía. Allí Devereux recibió las felicitaciones cargadas de falsedad. Todo el mundo fue consciente del engaño menos él. Su falta de experiencia en las normas de la alta sociedad inglesa lo había llevado a esa posición ridícula y a convertirse en el hazmerreír de Londres. Elena también recibía muestras de felicitación; sin embargo, lo que creyó que la haría feliz se estaba convirtiendo en un auténtico tormento. El conde había preparado una fiesta en casa de su amiga la marquesa Albridare, tanto los invitados como ellos debían dirigirse allí al terminar la ceremonia. El carruaje descubierto y decorado con flores blancas esperaba a los novios. Laramie la ayudó a subir, su mano apretó la de ella sin consideraciones. Se sentó y de soslayo lo miró; su rostro, enmarcado con un gesto de desprecio, mostraba un deseo firme de estrangularla. Durante el trayecto ninguno de los dos dijo nada y Elena prefirió guardar silencio. Ya en la puerta de la casa de la marquesa la ayudó a bajar y sus ojos se encontraron. Lo que vio en ellos fue tan terrible que casi cae del carruaje. Con brusquedad tiró de ella y la condujo al interior. En su camino hacia la sala de baile, donde su amiga había preparado una cena en honor de los novios, Laramie cogió una copa de champán que uno de los sirvientes ofrecía a los invitados antes de la cena. Agarró al muchacho de la solapa y le dijo:

—Trae un whisky —arrepentido, le pidió—: mejor una botella.

El muchacho fue diligente a cumplir la petición. Elena seguía sujeta por su esposo, que la arrastraba entre los asistentes sin importarle que el vestido de novia le impidiera avanzar tan deprisa como a él. Luego, en medio del salón la dejó sola sin tener en cuenta qué dirían los invitados. Se encaminó a la biblioteca de la marquesa con una botella de whisky en las manos y Charles lo siguió. Ninguno reparó en cerrar la puerta.

—¡Maldita arpía! —repitió de nuevo en francés—. *Salope Damn!* —Golpeó la pared con los puños y se bebió de un trago media botella.

—Quizá no sea tan mala esposa, Elena es mucho más inteligente y...

—Me ha engañado, me ha ridiculizado delante de ellos, además, ¿cómo casaré a Anna? —Nada de lo que le dijera Charles lo convencería. Así que como en tantas ocasiones guardó silencio con respeto.

—Debes tranquilizarte, a lo mejor mañana no piensas lo mismo.

—Mañana, te juro que mañana esa zorra deseará no haber nacido.

—Elena... —dijo Charles para apaciguarlo—. No es una mujerzuela, es una dama.

—¡Una dama mentirosa! Antes me metería en la cama con una ramera de Whitechapel a hacerlo con lo que tú llamas una dama. Te aseguro que es lo que haré esta noche —dijo Laramie con desprecio.

Ninguno de los dos hombres advirtieron que alguien más escuchaba esa conversación. Rosalyn y Roger sonrieron, esa noche todo Londres sabría que Devereux rechazaría a su esposa y contrataría los servicios de una prostituta.

En el salón, Elena aguantó los comentarios malintencionados de la mitad de los invitados. Muchas de las madres con hijas casaderas la felicitaron por la astucia con la que había conseguido un marido dado su aspecto y situación. Si quería demostrar su disconformidad con ese matrimonio, el conde había elegido la mejor manera de hacerlo al dejarla sola ante la multitud de invitados. Su tía se acercó a ella.

—Querida, si tu matrimonio empieza así, imagínate lo que te espera. Porque sabes lo que te espera, ¿verdad? —El tono burlón y obsceno de Rosalyn enrojeció las mejillas de la joven—. Tu esposo te poseerá, ¡oh! Sí..., no lo dudes. Te aseguro que te dolerá hasta las entrañas. No creo que sea delicado esta noche contigo. Eso si antes no se pasa por Whitechapel y contrata los servicios de una puta con piel de seda como le ha dicho a Chapdelaine.

Los comentarios obscenos de Rosalyn la asustaron tanto que le faltaba la respiración. Temía ese momento de intimidad, cuando se mostrara a él y descubriera por completo sus quemaduras. En su interior deseaba que fuera paciente y delicado. Quiso contestar, ponerla en su lugar, pero vio cómo su esposo se dirigía a ella, con un rencor tan manifiesto que desencadenaba en los asistentes comentarios de pena hacia la desposada.

—Tu esposo te reclama. —Rosalyn se despidió con una sonrisa triunfal.

Sin decir nada tomó a su esposa de la mano y la colocó en el centro de la sala, después dio dos palmadas para llamar la atención de los invitados.

—Queridos amigos —dijo, y giró alrededor de Elena—, os agradezco vuestra presencia y quisiera decir que es el día más feliz de mi vida. —Todos alzaron la copa para brindar por sus palabras, mientras que Elena temblaba de miedo—. Creí que me casaba con una lady hermosa, la más bella de Inglaterra, una mujer con un gran título, una perfecta flor británica. En cambio, he contraído matrimonio con otra mujer, quizá no posea su suave piel, ni tampoco su inocencia, pero es lista —sonrió malicioso y añadió—, muy lista y me ha cazado.

Laramie alzó una copa en honor de su esposa. Charles intentó acercarse para evitar que continuara, el bochorno de la novia era evidente; tarde o temprano él también se daría cuenta de que hacía el ridículo.

—Es hora de iniciar el baile —gritó Charles, y muchos de los invitados siguieron su ejemplo.

La marquesa comprendió la razón por la que el joven médico pedía que comenzara el baile, quería evitar que el conde abochornara a su esposa y a él mismo. Apreciaba a Devereux. Compartían iguales preocupaciones políticas y tanto el embajador francés como el secretario inglés le habían asegurado que podía confiar en los motivos del conde para ayudarlos a impedir una guerra en China. Pero la muchacha era la hija de un lord y aunque ahora no fuera consciente de que ese enlace lo beneficiaba más que perjudicarlo, no dejaría que la humillara delante de esa jauría de alimañas. Con un gesto de la mano la marquesa ordenó a la orquesta que comenzara a tocar

—Condesa Devereux —ordenó Laramie—, sonríe y acabemos de una vez esta farsa.

En esa ocasión no sintió la yema de sus dedos acariciarle la espalda. Le apretaba la mano como si quisiera partírsela. El dolor casi le hizo desmayarse.

—¡Me haces daño! —protestó.

Laramie ni siquiera oyó lo que le decía. Desde un rincón, Charles no dejaba de observarlos y advirtió que algo no iba bien. La novia mostraba una gran palidez y se acercó a la pareja.

—¿Puedo interrumpir el baile y concederme el honor de bailar con la novia?

—Es toda tuya —contestó con desprecio.

La joven recuperó algo el color cuando su esposo la soltó. Charles apreció cómo la muchacha se tocaba la mano que el conde había oprimido.

—¿Te ha hecho daño? —preguntó el médico. Imaginó que las quemaduras del hombro también le dolerían.

—Un poco... —reconoció.

Se había convertido en la condesa Devereux y pasara lo que pasara con su esposo, sería algo que no comentaría con nadie.

—No te preocupes, recuerda que soy médico. —Sonrió el joven.

—¿Montarás una consulta en Londres? —preguntó por cortesía, para evitar que la conversación se centrara en ella.

—No lo creo, iré a China con mi hermano —respondió apesadumbrado.

Cuando Laramie casara a Anna nada lo retendría en Inglaterra. Además, necesitaría poner muchas millas de distancia para evitar presenciar el sufrimiento de su amada.

El baile terminó y Charles la condujo a una de las sillas donde muchas de las damas descansaban tras un baile. El joven permaneció a su lado, lo exigido por la etiqueta o daría que hablar. En esa boda ya había suficientes chismes circulando como la pólvora. Lord MacGowan se acercó a su sobrina.

—Temo por ti.

Un hombre bajo esas circunstancias y con lo que había bebido podía ser muy cruel con una joven inocente.

—No os preocupéis, tío.

En medio de la conversación, Roger apareció junto a ellos. Troy apretó los puños, se despidió de Elena e ignoró la presencia del comerciante. La joven agradeció que tuviera la sensatez para no comenzar una pelea.

—¿Me concede este baile?

Quedarse en el asiento no era lo mejor y aceptar el baile con ese hombre tampoco. Sin embargo, todo el mundo estaba pendiente de ella y de la reacción de su esposo. Alzó la barbilla con orgullo, se puso en pie y aceptó.

—Condesa Devereux —Roger colocó sus manos en

su cintura—, hay hombres que no aprecian lo que tienen hasta que lo pierden.

—¿Usted es uno de esos hombres? —preguntó azorada.

—No —Roger la acercó hacia él más de lo que exigía el decoro y miró a Laramie—, pero él sí. —Elena observó cómo los ojos del conde la vigilaban como si fuera una presa de caza—. Ha sido muy hábil e ingenua al pensar que la perdonará. Conozco a ese muchacho, es orgulloso, siempre alardeando de que tiene lo mejor tanto en mujeres como en barcos.

Elena guardó silencio. Qué podía decir; no era bella, no era rica y no era la perfecta flor que esperaba conseguir. Tampoco ella imaginó perder su título, ni a sus padres, ni su riqueza; había aceptado que la vida a veces no nos entregaba lo que habíamos deseado, él debía hacer lo mismo. Si ella aceptaba su destino, él había de aguantarse con una esposa imperfecta. Los ojos de la muchacha miraron retadores a Laramie.

—¿Quizá podríamos ayudarnos?

Elena regresó a la conversación sin comprender su propuesta.

—No veo en qué puedo ayudaros, señor Matherson.

—Su esposo regaló a Virginia, o mejor dicho a usted, una flota nueva de barcos. —Elena enmudeció ante la generosidad o la estupidez del conde, después de todo era una mujer rica. Su rostro debió de evidenciar que le había sorprendido ya que el comerciante continuó—: Veo que lo ignoraba.

—He de confesarle que sí, aunque no entiendo cómo lo sabe usted.

—Por favor, condesa —pronunció la palabra con cierto retintín perverso—. No se haga la inocente con alguien como yo. Todo Londres comenta que su tía es mi amante y no es una mujer discreta en ningún sentido.

Elena enrojeció ante las palabras de Matherson, mientras que el hombre reía a carcajadas. Laramie le hubiera hincado el cuchillo de cortar el pastel de los novios en la frente. Ver a su «esposa», la palabra le causó tanto malestar como lo harían las espinas de un puercoespín en el culo, bailar y reír con un tipo como Roger terminaron por enojarlo y se dirigió a la pista de baile.

—Nos vamos —le ordenó a Elena con voz amenazadora.

Matherson hizo una inclinación, besó la mano de la novia en un gesto galante que enardeció aún más a Laramie y se retiró. Devereux agarró el brazo de su mujer y la condujo hasta la salida sin despedirse de nadie. Charles, al verlos marchar, rogó para que no cometiera algo imperdonable esa noche.

El camino a la casa del conde le pareció eterno a Elena. Quería disculparse, se preguntó qué se decía a alguien en esa circunstancia y ninguna excusa le pareció adecuada. La joven retorcía las manos de manera nerviosa, algo que agradó a Laramie. Imaginó varias formas de hacérselo pagar, todas y cada una de ellas las había aprendido en sus tiempos de piratería. Ninguna le bastaría para castigarla lo suficiente. Viéndola temerosa y a su merced no pudo evitar cierta excitación. Cuando el cochero abrió la puerta, salió del carruaje de un salto y sin esperarla se adentró en la casa. El lacayo tendió la mano a la joven y la ayudó a bajar. Observó con cierta curiosidad la mansión que a partir de entonces sería su hogar. Una casa de cuatro plantas de piedra blanca y hermosos ventanales. Respiró un par de veces para infundirse valor antes de entrar; en el *hall* la esperaba una doncella.

—Condesa —dijo la muchacha, y se volvió para conducirla a las habitaciones de los recién casados.

Elena siguió a la doncella hasta una estancia decorada con bonitos tonos azules y una enorme cama con dosel. Una chimenea calentaba el cuarto en invierno y encima del mármol de Carrara blanco del hogar colgaba un espejo dorado. Varias alfombras persas cubrían el suelo. Era una habitación muy hermosa. El lujo no era excesivo, sí suficiente para que la elegancia fuera la nota más presente en la atmósfera que envolvía el cuarto. La doncella sacó de un armario un conjunto de dormir, pero no se pondría algo así, era demasiado llamativo para su gusto, quizá propio de una actriz. Rosalyn había escogido la ropa de la noche de bodas y lo hizo con intención clara de denigrarla. La doncella la ayudó a quitarse las cintas del corsé; al acabar, Elena le pidió que se marchara. Cuando la doncella cerró la puerta se vistió con un sencillo camisón que Cossete había confeccionado para ella. Le tapaba el cuello y a la luz de las lámparas traslucía su figura con nitidez, sin ser transparente. Era una nueva seda traída de China, quizá incluso el conde la transportara en alguno de sus barcos.

En el despacho, Laramie se apoyaba en la chimenea, necesitaba apaciguar su ira. Había sido tan estúpido que el matrimonio no podía anularse. El pagaré establecía a una señorita MacGowan y eso es lo que había conseguido. Esa mujer logró engañarlo con tanta vileza que se lo haría pagar. Del lugar de donde venía una afrenta como esa se cobraba con sangre, y eso es lo que iba a tener.

Dio una patada a uno de los troncos y prendió con el resto. Antes se calmaría peleando contra el saco de boxeo que había colgado en el desván. Debía controlar su voluntad de matarla o, lo que era peor, de poseerla.

En el cuarto, Elena estaba nerviosa, las palabras de su tía la atormentaban. Se soltó la melena y se cepilló el pelo. Los minutos pasaban y creía que ya Devereux no acudiría a su cama cuando la puerta de la habitación se abrió de golpe. El conde se presentó sudoroso y vestido con unos pantalones y unas brillantes botas de suave piel marrón. Apretaba los puños y parecía haberse peleado con el mismo Satanás. Por primera vez vio el aro que llevaba como pendiente en una de las orejas. El tatuaje en el hombro derecho le confirmó a Elena que la imagen que había creado sobre él no era ninguna fantasía, estaba ante un verdadero pirata.

—¡Desnúdate! —gritó. Elena nunca había imaginado que un hombre poseyera tantos músculos—. ¡He dicho que te desnudes! —insistió, y el acento que tanto le agradaba le sonó tan áspero que la joven deseó huir.

—Por favor... —rogó con sus ojos verdes tan asustados que el conde esbozó una mueca de satisfacción malévola.

Laramie sonrió victorioso, verla atemorizada le produjo cierto placer anticipado. Su esposa se puso en pie y empezó a desabrochar los pequeños botones del camisón con manos temblorosas, su torpeza lo enardeció. Cerró la puerta de una patada, se acercó a ella y la agarró por el cuello.

Se sentía como Desdémona, si apretaba con su fuerte mano la ahogaría. La cercanía avivó en ella la pasión que había despertado hacía unos días. Laramie, impaciente, le arrancó el camisón. Los jirones de seda blanca cayeron a sus pies como soldados heridos en un sangriento campo de batalla. A Elena le faltaba el aire en los pulmones; sus pechos, pese a la violencia, respondieron a la excitación al rozar el cuerpo moreno del conde.

Laramie no había imaginado nunca que la piel de Elena fuera tan lechosa. De forma involuntaria tocó con la yema de los dedos uno de sus pechos y sintió que era tan suave como la espuma de mar. Ella intentó taparse, pero se lo impidió sujetándola con ambas manos. Sus ojos se convirtieron en dos ranuras inexpugnables al contemplar la respiración agitada de su esposa y cómo se balanceaban arriba y abajo unos pechos redondos y plenos. Jamás hubiera considerado que debajo de esos horribles vestidos grises se escondiera un cuerpo tan espléndido. Las quemaduras le otorgaban cierto exotismo. A lo largo de sus viajes había tenido la ocasión de estar con muchas y diferentes mujeres. Algunas se marcaban la piel con extraños tatuajes. Sus quemaduras resaltaban rosadas sobre la piel blanca de la joven. El conde sintió los erectos pezones tocarle la piel y la excitación se avivó en su entrepierna. No había entrado allí para amarla, sino para castigarla. Su deseo y esa voz de sirena provocaban en él las ganas de poseerla, de descubrir la ansiedad que había despertado en ella con un beso. Imaginar cómo reaccionaría cuando le mostrara mucho más era tentador, por lo que se obligó a repasar los nombres de sus barcos para enfriar un poco la excitación que lo dominaba. El olor a cítricos que desprendía su esposa era una tentación para los sentidos. Ella lo miraba sin saber qué hacer, y su desconcierto fue mayor cuando de repente se encontró atada a uno de los palos de la cama con las cortinas del dosel. Laramie contempló la imagen de su esposa y reconoció, como también lo hizo su masculinidad, que era magnífica; le recordó a la Odalisca. Su esposa, al igual que sucedía en la famosa pintura, emanaba una gran belleza y sensualidad. El sedoso cabello le caía por la espalda y le llegaba a la cintura. A la luz de las lámparas le pareció más que nunca de una rara belleza. Entonces, contempló embelesado, como le ocurría al admirar un nuevo barco, el trasero de su esposa, tan firme como las velas de un clíper ondeando en un día soleado.

Elena sintió unas manos fuertes y endurecidas por los trabajos marinos recorrer con lentitud sus nalgas. Estaba a su merced, podría hacer lo que quisiera con ella.

El diablo que habitaba en Laramie lo obligó a susurrarle al oído:

—Esta noche lamentarás haberme engañado, *petit elfe*.

—¿Qué vas a hacer? —preguntó mucho más asustada. Sentía la masculinidad de su esposo presionarle con suavidad la cintura—. Nada de esto es necesario. Haré lo que me pidas —dijo, mientras se retorcía como una anguila fuera del agua—. ¡Suéltame! —exigió—. ¡Gritaré!

—Podría matarte —dijo Laramie, y con una mano rodeó su cuello y con la otra la deslizó por su plano vientre hasta el rizado vello—, y nadie vendrá a ayudarte.

—¿Vas a hacerlo? —Elena se debatía por la inquietud. La mano de su esposo en una zona tan íntima motivó que su corazón se saltara un latido. El estómago se le encogió al pensar que con la otra apretara su garganta.

—Oh, no... eso sería demasiado rápido para el castigo que espero que padezcas.

Laramie avanzó conquistando todo lo que encontraba a su paso. Ella sintió como si mil agujas se clavaran en su piel. Las manos de su esposo cada vez eran más audaces, aunque la mente de Elena pedía mucho más. Por instinto abrió las piernas, sentía pura lujuria, como si su sometimiento no le importara. Laramie sonrió, ese ángel quemado se rendía con mucha facilidad a sus ataques. Elena estaba prisionera de su propio deseo, sentir el cuerpo del conde y sus caricias la transportaban a un mundo de felicidad que desconocía y que nunca concibió alcanzar. Su entrega le hizo abrirse mucho más y Laramie exploró su interior igual que

Richard Francis Burton el corazón de África. Cuando la penetró con uno de sus largos dedos, le sorprendió la reacción de Elena. Su esposa estaba húmeda y entregada al placer. No imaginó que la chica fuera tan lasciva, algo que jugaba a su favor, ya que despertaría más su deseo. El problema era que también estaba despertando el suyo hasta límites peligrosos. Antes de entrar en esa habitación la venganza no le resultaba tan insufrible, ahora no estaba seguro de poder soportarla. Elena restregó su perfecto trasero sobre él, y Laramie temió que si seguía así, olvidaría el castigo y hasta al mismo Dios por demostrarle a esa bruja de los mares quién era su esposo.

Elena quería soltarse de la cama, tocarlo; en cambio, la falta de movimiento acrecentaba más aún su ansia. Quería más. En el momento en que Laramie abandonó su interior creyó que se hundía en una ciénaga de desesperación. Su esposo se apoderó de sus pezones con ambas manos y los pellizcó con delicadeza. Elena emitió un gemido ancestral. Si aquel iba a ser el castigo al que la sometería el conde, tenía que provocarlo mucho más. Las caricias de Laramie eran un auténtico sufrimiento, pero de éxtasis.

—Por favor... haz conmigo lo mismo que harías con esa mujer de Whitechapel —musitó con una voz tan atrayente y engañosa que Laramie se sintió como Ulises ante Circe.

Cuando oyó aquel canto de diosa marina, obsceno y enloquecedor, hizo acopio de toda su fuerza de voluntad para mantenerse firme en la decisión de castigarla. Ver cómo estaba preparada para recibirlo; cómo su cuerpo le pedía a gritos que la penetrara sin vacilar; cómo se entremezclaba su virtud junto con una desvergüenza impropia de una dama; además de aquellos gemidos de placer tan escandalosos que hasta los criados de la planta de arriba la habrían escuchado, Laramie se alejó de ella.

Elena jadeaba de puro deseo. Su cuerpo temblaba insatisfecho, y la frustración porque no la tocara le causaba ganas de llorar. Sin comprender qué había ocurrido, abierta a su pasión y deseosa de recibir a su esposo, escuchó las palabras del conde.

—Mañana, Londres hablará de tu castigo.

Elena intentó girarse para suplicarle con la mirada que no lo hiciera. Ninguna doncella reprimiría las ganas de contar cómo la había encontrado al día siguiente. Deseaba que continuara y le mostrara el final del tortuoso camino al que la había llevado.

—Por favor, no me hagas esto —rogó con las lágrimas a punto de brotar de sus ojos—. Soy tu esposa.

—Haberlo pensado antes de casarte con un contrabandista de opio.

Escuchó la puerta cerrarse a su espalda. No gritó. Nadie acudiría. Si le pareció un hombre cruel al conocerlo, en ese momento, lo consideraba un bruto sin corazón.

Laramie se apoyó en la puerta. Un poco más y hubiera mandado al diablo aquel castigo. Elena estaba tan dispuesta que necesitó de su control para no hundir su barco en el fondo del océano en el que se había convertido su esposa. Se flageló a sí mismo por haber estado más pendiente de su magnífico trasero o de sus pechos que de sus ganas por vengarse. No debía olvidar que le había engañado, pero su falta de inhibición lo había excitado más que ninguna otra mujer. Se había casado con una muchacha que tenía espinas muy peligrosas y tentadoras. Miró hacia su entrepierna, deseosa de liberar la ansiedad que esa mujer le había provocado, «eres un traidor», le regañó.

8

Elena pasó el resto de la noche maldiciendo a su esposo. Había imaginado mil formas en que la castigaría, ninguna tan rastrera como la que había empleado. Pensar que pasaría la noche en compañía de otra mujer, como le dijo su tía, le causaba un resquemor de derrota en el pecho. Para su tormento fue la señora Williams, el ama de llaves, quien la encontró. La mujer quería presentar sus respetos y aceptar cualquier cambio en el orden de la casa que la señora estableciera. Por eso pidió a Katy que no despertara a la condesa esa mañana y daba gracias al cielo por haberlo hecho. Esa muchacha no tendría la boca cerrada. El ama de llaves no dijo una palabra, su rostro mostró el horror que le había causado encontrarla desnuda y atada a una cama. En sus años de servicio había visto muchas cosas; sin embargo, jamás imaginó lo que un hombre como el conde haría a su esposa en su noche de bodas. Todo el mundo hablaba del engaño que había sufrido, si bien eso no justificaba aquel comportamiento por parte del conde. De inmediato se compadeció de la joven cuando advirtió las quemaduras y los ojos enrojecidos por el llanto. Había escuchado comentarios atroces sobre el cuerpo de esa muchacha; en realidad, las quemaduras no le parecieron tan terribles. Cogió una bata y se la puso por los hombros, después la desató. Elena cayó de rodillas al suelo, agotada por la postura en la que había permanecido tantas horas. La ayudó a levantarse y la señora Williams la llevó a la cama, le agradaron el silencio y la discreción con que lo hizo. El ama de llaves le sonrió con afecto. Los carnosos mofletes se tragaron su sonrisa, aun así, sus ojos pequeños y azules eran tranquilizadores.

—Debe de estar dolorida. Le daré un masaje con aceite de rosas. —El acento francés del ama de llaves era menos pronunciado que el de su esposo y hablaba el inglés como si cantara.

Nunca hubiera dejado que nadie tocara sus quemaduras, pero estaba tan cansada y avergonzada que no tenía fuerzas para detener a la señora Williams. La mujer ante el silencio de la condesa lo interpretó como un consentimiento de sus palabras y la ayudó a darse la vuelta. Las manos regordetas de la mujer fueron una bendición.

—Cuando estaba en la India, sí, señora, en mi juventud viví un tiempo en la India, aprendí que no hay nada como un buen masaje de aceite para suavizar la piel. Tras la muerte de la condesa, que Dios y la Virgen la tengan en su gloria, esos niños se quedaron solos en el mundo. No se imagina lo que mi pobre Laramie tuvo que hacer para sobrevivir.

—¿Qué hizo? —preguntó Elena, intrigada, mientras se relajaba con los masajes de la mujer.

—Todo lo que sus jóvenes manos le permitieron hacer, como enrolarse en un barco de contrabando. Anna tuvo más suerte, durante el tiempo que no supimos nada de él, un amigo de la condesa pagó los gastos de un internado en Viena para que mi niña se convirtiera en una dama.

—¿Qué edad tenía el conde?

—Diecisiete. Una tierna edad para un destino tan sórdido. El muchacho que hasta ese día había sido cariñoso y bondadoso, se volvió duro y resentido. Lamento que lo haya conocido de esta manera —dijo la mujer, y se retiró un par de lágrimas de los ojos—. La mayoría de nosotros seríamos así si hubiéramos terminado en un barco cuyo capitán era el más temido de los piratas en aguas chinas.

—¿Por qué pirata? —Elena creía estar escuchando una novela de aventuras, cuyo protagonista se había convertido en su esposo.

—Oh, mi joven señora, Laramie fue vendido a la tripulación de John Walker, un pirata inglés que trataba a sus hombres como escoria. Estuvimos sin tener ninguna noticia de él durante cuatro años.

—¿Cuatro años? —Elena imaginó la peor de las vidas para un muchacho que había perdido a sus padres y cualquier esperanza.

—Sí, señora, cuatro años en los que el joven conde vivió un infierno y nosotras, la señorita Devereux y yo, entendimos que después de tanto tiempo había muerto. —El ama de llaves se santiguó—. Soy católica, señora, y rezamos hasta que un día la Virgen escuchó nuestras plegarias y los mares nos lo devolvieron, pero ya no era el mismo. Su hermana no fue consciente de ello, era muy niña; sin embargo, yo pude ver que algo en él se había destruido.

El parloteo de la señora Williams terminó por dormirla. Antes de entregarse a los brazos de Morfeo, tuvo tiempo para que naciera en su pecho un sentimiento de compasión por su esposo y borrara el rencor causado esa noche. El ama de llaves tapó a la joven y se marchó sin hacer ruido. Esa mañana, el conde Devereux no tendría los huevos escalfados al punto, sería su pequeña venganza.

En el comedor, Devereux estaba de un humor de perros. No creía que fueran imaginaciones suyas el aspecto incomestible de los huevos. Alejó el plato con brusquedad y el sirviente lo retiró de la mesa. Se tomó un té, su propio barco lo había transportado y era de una variedad excelente. Tenía un sabor fuerte y concentrado. El gusto amargo lo animó y, tras su boda, era lo que necesitaba. Esperaba que su esposa no se comportara como una chiquilla llorosa ni una auténtica arpía; fuera como fuera, seguro que convertiría su existencia en un infierno. De hecho, y sin proponérselo, lo estaba haciendo. El recuerdo del tacto aterciopelado de su piel, el olor a cítricos que percibió al acariciar su vello rizado, le habían acompañado durante la noche como un fiel perro de caza.

Andrew le había entregado el correo muy temprano, aún no lo había leído. Rompía el lacre de uno de los sobres cuando la puerta se abrió y entró Elena. Era la imagen de una ninfa marina, le agradó que no vistiera esas ropas grises que la hacían verse como una aparecida. Llevaba puesto un vestido verdoso que acentuaba el brillo de sus ojos. Las capas de muselina descendían a sus pies como el agua de mar de alguna playa de Borneo. La melena dorada descansaba en su pecho con la forma de una espesa trenza que tapaba sus quemaduras.

Elena le hubiera lanzado el jarrón de porcelana china a la cabeza, quizá de esa forma su corazón dejara de latir por un hombre que la había humillado de una manera tan grotesca. La joven entró y se sentó a la mesa sin decir una palabra.

—¿Cómo has dormido? —preguntó él con cierta ironía.

—Muy bien —respondió ella; el lacayo sirvió unos espléndidos huevos a su esposa.

Devereux lo miró de soslayo y el joven lacayo alzó los hombros para justificar el porqué de la diferencia.

Elena se dedicó de lleno a comer, algo que agradó a Laramie, por lo visto esa mujer tenía apetito en todos los sentidos. Imaginarla devorar algo más que ese desayuno lo excitó como si fuera un jovenzuelo imberbe y no un contrabandista como lo había llamado. El objeto de sus sinsabores continuó comiendo ajena a su escrutinio. No sabía qué hacer con ella. Ya tenía bastantes problemas en los negocios para también tenerlos en casa, pero había sido una zorra muy lista engañándolo y ahora pagaría por ello, ojo por ojo... Sin embargo, no advirtió risitas apagadas ni cuchicheos entre la servidumbre. Era como si nadie hubiera descubierto cómo la había tratado esa noche y en cierta forma se alegró de que así fuera.

—¿Qué piensas hacer hoy? —preguntó.

El silencio tenso al que le estaba sometiendo esa mujer le alteraba los nervios. Cuando lo que en verdad quería era subirla a la habitación y terminar con lo que había empezado. Los ojos de Elena se cruzaron con los suyos, comprendió que antes se dejaría torturar con carbones encendidos que permitirle que le hiciera el amor.

—Nada de su incumbencia, conde —respondió sin levantar los ojos de los malditos huevos.

Así que con esas estábamos, si quería una guerra eso es lo que tendría. Él era el engañado, el ofendido, no aguantaría esos aires de grandeza y de dama ultrajada cuando él era la única víctima en aquel engaño.

—Entonces, que pases un buen día, no vendré a comer ni a cenar. —Se puso en pie y lanzó la servilleta sobre la mesa—. Lo haré en mejor compañía, con una que me satisfaga más.

El dardo dio de lleno en el corazón de Elena, «mejor compañía», su marido quizá buscara consuelo en otras mujeres y eso la enfureció. A ella la había despertado un apetito sexual tan grande que estaba pagando su frustración con la comida. Él, en cambio, había aprovechado la oportunidad para humillarla. Había sido una ilusa al imaginar que unas caricias supondrían su perdón.

—Supongo que yo tendré que hacer lo mismo —contestó, retadora.

El conde la habría estrangulado en ese instante. Imaginar que sus gemidos de placer fueran para otro terminó por enojarlo. Desconocía el porqué. No amaba a esa mujer y jamás se hubiera casado con ella, pero no aceptaría que lo engañara. Se había convertido en la condesa Devereux y debería ser ejemplo de honor y buenos modales.

—Espero que sepas hacerlo sin manchar mi apellido. —Laramie plantó las dos manos en la mesa y se acercó tanto que casi rozó la nariz de su esposa—. Mi hermana vendrá a vivir con nosotros y debe casarse al menos con un conde. Ni se te ocurra estropear su oportunidad —la amenazó.

Salió de la habitación dando un portazo. En el pasillo se encontró a la señora Williams.

—¿Le ha gustado el desayuno?

La mujer conocía muy bien a los hermanos Devereux. Tras la muerte de la condesa madre se convirtió en la compañía y cuidadora inseparable de Anna. No era solo una criada. La mayoría de las veces se mantenía en su posición, aunque si algo le disgustaba lo decía y, ahora, era uno de esos momentos.

—La verdad es que no —admitió Laramie. Sus cejas se juntaron inquisitivas a la espera de que Marta, que así se llamaba la señora Williams, le contara qué quería.

—Se lo merecía por... —Laramie comprendió que ella encontró a Elena— desconsiderado y salvaje.

Devereux alzó los hombros y cogió el sombrero. La señora Williams se marchó lanzando maldiciones en francés. Laramie miró a la puerta del comedor donde su esposa aún desayunaba y se alegró de que fuera Marta quien la hubiera encontrado. Esa mujer era una tumba con todo lo que acontecía a los hermanos Devereux.

Elena intentó tranquilizarse tomando una taza de té. Su marido era imprevisible y tendría que aceptar su fuerte carácter y sus malos modales. Ella era una dama y sabía muy bien qué significaba serlo. No tenía el título, ni tampoco el dinero, pero había heredado la clase y las maneras para moverse entre la alta sociedad. Reconocía que no se había comportado con honradez. Engañarlo para casarse fue una jugada muy sucia; sin embargo, no le había quedado otra opción. En cambio, el conde tenía título y dinero y ninguna educación para enfrentarse a la sociedad londinense. Esperaba que su hermana tuviera mejor carácter. Necesitaba tocar el piano, eso la relajaría. Todavía no había visto la casa así que ese también sería un buen plan.

—¿Puede hacer venir a la señora Williams? —preguntó al joven lacayo.

—Por supuesto, señora.

El ama de llaves no se hizo esperar. Entró como lo había hecho en su habitación, sin llamar y ocupando con su presencia casi toda la estancia. Era imponente, tenía cierto aire marcial.

—¿Me ha llamado? —preguntó con una sonrisa al comprobar cómo permanecía intacto el plato del desayuno del conde.

—Puede retirarse... —Elena miró al lacayo.

—Thomas —dijo la señora Williams al joven de ojos pardos.

El sirviente hizo una inclinación de cabeza y cerró la puerta a su espalda.

—Los huevos estaban deliciosos —la felicitó con timidez al recordar cómo la había encontrado.

El ama de llaves sonrió a la joven para darle confianza y miró de nuevo el plato de Laramie sobre el aparador. Ese muchacho necesitaba unos buenos azotes como cuando era niño. Al mirar a la joven condesa sintió pena por ella. El señor Williams, y difunto esposo de Marta, siempre le decía que tenía un don especial para conocer a la gente y rara vez se equivocaba en sus opiniones. Comprendió que Laramie había escogido a una dama como esposa. Esperaba que ella entendiera que su esposo no era ningún caballero, sino un ser complejo, una mezcla de caballero y rufián con un gran corazón incapaz de reconocerlo.

—Si desea algún plato en especial se lo comunicaré de inmediato a la cocinera.

—No, seguro que si todo está tan sabroso como estos huevos, no será necesario. Aunque me gustaría conocer la casa, el conde... —se corrigió—, mi esposo no ha tenido tiempo para enseñármela.

—Será un placer.

Después de dos horas y de recorrer diez habitaciones a cual más elegante y de gusto refinado, llegaron a la habitación de Laramie. La señora Williams miró a la joven a la espera de que le confirmara que abriera la puerta. Elena asintió y entró en una habitación de muebles oscuros y sobria, propia de un caballero. La ropa del conde aparecía doblada a la espera de que se cambiara para comer. Una punzada de dolor atravesó el corazón al recordar sus palabras.

—¿Le gustaría ver la sala de música? —preguntó el ama de llaves al leer en el rostro de la joven una clara tristeza.

—Me encantaría, y tomar un té también.

—Por supuesto. —El ama de llaves ordenó a una de las doncellas que sirvieran el té.

Si las habitaciones le parecieron elegantes, la sala de música solo la definiría como delicada. Sus grandes ventanales daban a un patio interior que proveía de luz natural al cuarto. Un gran piano de cola estaba en el centro, varios sillones estilo Tudor dorados y blancos aumentaban la belleza de un suelo de madera color miel que contrastaba con el color nogal del piano. Rozó con la yema de los dedos las teclas y se sentó a tocar. Necesitaba calmar su espíritu. La señora Williams dejó el té en una de las mesillas y se detuvo para escuchar. Era increíble la capacidad de esa joven ante el piano. Cuando la voz de la condesa se extendió por la habitación, Marta se puso la mano en la boca para evitar que una exclamación de admiración saliera de ella. Había recordado sus años de juventud, su amor perdido, su vida gracias a la música de la condesa.

—¡Ha sido mágico! —dijo el ama de llaves, con lágrimas en los ojos—. Es usted un ángel.

—Gracias —respondió ante la sinceridad de la mujer.

—Debería descansar. —Elena no comprendió por qué le decía algo así, no hacía mucho que se había levantado y no estaba agotada por hacer el amor con su esposo—. ¡No se lo ha dicho!

—Decirme qué...

—Esta noche debe asistir a una fiesta en Devonshire House.

—Señora Williams, mi esposo no me cuenta nada —reconoció entre dientes—, ni creo que lo haga nunca.

—Conozco a Laramie desde que llevaba pañales y le aseguro que no es tan ciego como para no darse cuenta de quién es su esposa. Ahora puede que esté algo enfadado por la manera en que... en fin, ocurrió su matrimonio, pero seguro que algún día la perdonará.

Elena sonrió con tristeza. Le agradaba Marta. Era amable, también discreta y una fuente de información muy estimable para conocer a su esposo. Sin embargo, sería más fácil que alguien viajara a la Luna que Devereux la perdonara.

—No soy lady MacGowan —confesó avergonzada.

—Quién quiere a una lady cuando puede tener un ángel.

Elena esbozó un amago de sonrisa ante el comentario de la mujer. Deseaba que su esposo también pensara lo mismo, aunque no confiaba en que ocurriera pronto.

Esa noche, tal y como le había anunciado, el conde no se presentó a cenar. Elena lo hizo sola en el gran comedor. La habitación le pareció intimidante; si todas las noches iban a ser así, prefería cenar en su habitación. Marta entró en el comedor y despidió a los dos lacayos.

—Señora Williams, puede retirar el servicio, mi esposo no vendrá a cenar.

—Lo sé —dijo la mujer, y le entregó la invitación a la fiesta—. Este es el momento que estaba esperando para enseñarle a ese marino de agua dulce que está casado con una dama.

Elena asintió, había llegado la hora de demostrarle que no era una mujer cualquiera. Las circunstancias le habían impedido ser la heredera de un título, pero ella lo sentía como suyo y como condesa Devereux le demostraría que no habría otra más capaz.

—Señora Williams, tiene toda la razón.

Esa noche escogió un elegante vestido violeta. Su tío insistió en que su ajuar fuera el mismo que para Virginia si esta se hubiera casado. Así que había comprado a Cossete dos vestidos de noche, dos de mañana y otro de viaje. El color violeta era el que más le gustaba. Caía en una falda de tul y gasa hasta los pies y lo remataba un enorme volante en cuya unión la modista había cosido diminutos cristales de un color esmeralda. El conjunto le daba la apariencia de una mujer sofisticada. Marta la ayudó a arreglarse. El vestido llevaba un complemento de gasa para tapar las quemaduras. Cuando le pidió que se lo pusiera, la mujer mostró un gesto de disgusto.

—Estropeará el efecto.

—No puedo enseñar mis cicatrices —dijo, y para ella fue una aceptación vergonzante.

—¡Claro que no! —aseguró Marta—. Tampoco llevará esa cosa tan horrible. —Elena la miró sin comprender—. En Japón...

—¿Japón...?

—Sí, he estado en muchos sitios —cogió un bote

de polvos que mezcló con otro de aceite—, en fin, en Japón algunas mujeres maquillaban su rostro y tapaban las imperfecciones con esto. Podríamos intentarlo.

Elena aceptó. No desilusionaría a la mujer, después de todo, no tenía nada que perder. Tras varios minutos que empleó en ponerle la crema el resultado provocó en ella una sonrisa, las quemaduras no estaban tan enrojecidas. Extendió otra capa en el cuello y los hombros para igualar el color de la piel. Elena, con lágrimas en los ojos, miró a Marta.

—Ahora, si me permite, vuelvo en unos minutos. —El ama de llaves salió de la habitación y regresó con un cofre en el que había una joya.

—No puedo... —aseguró Elena—, sin el consentimiento del conde.

—Usted es la condesa Devereux, no necesita ningún permiso. —Guiñó un ojo, cómplice, para que cometiera un acto de provocación contra su esposo.

—Tiene toda la razón. —Elena sonrió, y aparecieron en su rostro los dos hoyuelos que la convertían en una mujer muy atractiva.

Marta escogió una gargantilla que se ajustaba a su cuello con la que disimularía las quemaduras. Elena por primera vez desde hacía mucho tiempo se veía hermosa.

Laramie había permanecido toda la tarde en el club de boxeo. Tras dar unos cuantos golpes y recibir otros cuantos, se sentía mejor. Regresar a su casa no era lo que más le apetecía, entonces recordó la invitación a la fiesta en Devonshire House. Asistir a esa reunión hubiera sido la manera triunfal de dar a conocer a su esposa, Virginia MacGowan, y no a su prima. Cada vez que recordaba de qué forma lo había engañado se sentía un estúpido. Tenía que reconocer que si de haber sido otro el que estuviera en esa situación el engaño le hubiera parecido ingenioso e incluso divertido y burlesco. Nunca había sido un hombre con sentido del humor y no creía que ahora empezara a tenerlo. Así que se puso la camisa y las botas, salió del club más ofuscado que cuando entró y con una única idea. Si al dejar a Elena en una situación tan comprometida su venganza no había sido posible porque la encontró la señora Williams, estaba seguro de que sí daría que hablar que el conde Devereux no acudiera con su esposa a la fiesta un día después de su boda. Eso, sin embargo, no comprometería al apellido de su familia, muchos eran los matrimonios por interés que hacían vidas separadas.

Laramie llegó a casa y no vio a Elena. No le importó y reconoció a su pesar que no podía mentirse a sí mismo. Los golpes que recibió en el cuadrilátero fueron por recordar alguna parte del cuerpo del ángel quemado. Se vistió con su ayuda de cámara, aunque no era hombre de esos hábitos no quería cometer un error con la vestimenta y su *valet*, Adams, era un excelente conocedor de su trabajo. Cuando estaba en el *hall* se topó con la señora Williams, todavía no le había perdonado la pequeña venganza de esa mañana.

—¿La condesa está bien? —preguntó con cierta precaución ante la mirada inquisitiva de la mujer.

—Muy bien —respondió risueña, esquivando su mirada.

—Dígale que me marcho a la fiesta de Devonshire, que espere levantada hasta que regrese. —Su petición era infantil y se sintió un imbécil por haberla hecho.

—Seguro que no duerme en toda la noche.

La mirada maliciosa de Marta lo alarmó. No era una mujer complicada, decía las cosas de una manera franca y directa, pero aquella forma de comunicarle que Elena no dormiría esa noche le despertó cierta suspicacia.

El lacayo le entregó el sombrero y los guantes. Laramie no quiso averiguar nada más, respetaba a Marta lo bastante para no indagar demasiado en esa cínica respuesta. Con un gesto hosco y sintiéndose igual que un niño al que han pillado en una travesura salió de su casa y subió al coche.

Devonshire House era una mansión grandiosa. La enorme sala de baile tenía capacidad para más de trescientos invitados y todo el mundo estaba reunido esa noche allí. Las lámparas brillaban con intensidad y multiplicaban el esplendor de las joyas de las damas. Algunas llevaban abanicos de plumas que las convertían en exóticos pájaros del paraíso. Un sirviente con voz clara anunció la presencia de la condesa y varios pares de ojos se volvieron para verla. Elena se enfrentó a ellos con una sonrisa, con la frente muy alta y con paso decidido se dirigió hacia unos viejos conocidos de sus padres. La música empezó a sonar y algunas parejas se lanzaron a estrenar la pista de baile. Nunca había entablado amistad con las jóvenes casaderas así que tras varios saludos de cortesía y recibir felicitaciones por su boda se encontró sola. Entonces se acercó a una de las mesas para coger una copa de ponche.

—¿Me concede el honor de bailar conmigo? —Se volvió sin saber quién la invitaba. Roger Matherson permanecía inmóvil junto a ella, mientras le tendía la mano como si tuviera la certeza de que aceptaría.

—No creo que sea...

—¿Conveniente? —dijo él con una sonrisa encantadora—. Tampoco lo es que su esposo no la acompañe esta noche.

Los ojos de Elena brillaron con rebeldía. A pesar de que había sido un comentario inapropiado, sus palabras encerraban una verdad absoluta. Recogió el guante que le lanzaba y aceptó el baile.

Laramie llegó a la fiesta aún más irritado, se dirigió a la mesa de bebidas y tomó una copa de ron. El baile ya había empezado y divisó a lo lejos a Charles, que bailaba con una joven muy hermosa. Esperaba que se comprometiera y no se convirtiera en un solitario como su hermano Auguste. Desvió la vista de su amigo en busca de algún conocido cuando vio a la tía de Elena, esa mujer tenía un aspecto vulgar. Al lado, Virginia flirteaba con lord Rochester de una forma muy atrevida para una dama. En ese instante fue consciente del error que habría cometido al casarse con ella. Por mero aburrimiento dirigió la vista hacia donde la mujer no dejaba de mirar. Debía de ser lo bastante importante para no vigilar a su hija. Sus ojos se fijaron en una pareja, era bien conocida la relación que existía entre Roger y la tía de Elena; sin embargo, eso a él no le importaba. La chica con la que bailaba Matherson en ese momento llevaba un vestido morado con piedras esmeraldas; cuando la pareja se volvió el color desapareció de su rostro y las venas de sus sienes se hicieron visibles. Elena estaba allí y por segunda vez lo dejaba en evidencia. Además, veía cómo lo que le dijera aquel viejo zorro le hacía reír y cómo aquellos hoyuelos que convertían su cara en un duende travieso aparecieron de nuevo. Hubiera pasado por alto su presencia en ese baile, incluso no le habría importado que bailara con algunos hombres, pero hacerlo con Roger y luciendo las joyas de su madre hizo que algo en su interior se revolviera como una serpiente en un nido de víboras. A grandes zancadas se dirigió a la pista y se interpuso entre la pareja.

—¿Me permite bailar con mi esposa? —La petición sonó a una orden.

Roger soltó a Elena, besó su mano en un gesto de galantería que Laramie hubiera borrado con un puñetazo y dejó a la joven a merced de su esposo.

—¿Cómo te atreves a asistir a una fiesta sin mi permiso? —El conde apretó su cintura y la atrajo hacia él de una manera que daría mucho que hablar en los siguientes días.

—¿Acaso soy tu prisionera o esclava? —le dijo con los ojos fijos en los suyos.

Laramie apreció en aquella mirada a una auténtica guerrera y guardó silencio. Parecía que la tímida carabina era mucho más luchadora de lo que había imaginado. Esa noche, la belleza de Elena era como una perla recién descubierta. De alguna forma, su cuerpo le exigía convertirse en el dueño de esa joya, pese a que todavía no era capaz de perdonarla. Al compararla con su prima, Elena salía vencedora; pero no era un hombre que aceptara con facilidad una derrota.

—No, sois mi esposa y la condesa Devereux.

—No soy vuestra esposa —lo acusó, y el conde entendió muy bien a qué se refería.

—Eso tiene solución, te lo aseguro. —Si apretaba más a su mujer protagonizarían un escándalo. Elena lo miró a los ojos y trató de escudriñar su interior. En ella floreció una esperanza, si el conde la hacía su esposa quizá pudiera verla como tal, mas no confiaba demasiado en ello—. Nadie te ha dado permiso para usar las joyas de mi madre —la regañó de forma infantil.

—¡Dios!, ¡eres un auténtico patán! ¿Desde cuándo una dama debe pedir permiso a su esposo para utilizar las joyas de su casa? —exclamó dolida por sus palabras.

El semblante de Laramie se oscureció de tal forma que su furia estallaría como una tormenta en medio del baile. Aunque sus años de contrabando le habían enseñado que había ocasiones que era mejor templar su cólera para ganar una contienda y, ahora, volvería a hacerlo.

—No pensabas lo mismo anoche. Cuando querías que te poseyera, cuando deseabas que mis manos tocaran tus pechos y te abrías a mí como un río en su desembocadura. Entonces, no...

—¡Basta! —interrumpió Elena, sus mejillas estaban tan incandescentes como el hierro al rojo vivo.

Humillada y avergonzada por lo que sugería alzó la barbilla dispuesta a lanzar destellos verdosos por los ojos y con ellos derretir a ese hombre. En cambio, se encontró los ojos negros más atractivos y seductores que había visto nunca. No era justo se dijo, no podía luchar contra algo así y salir victoriosa.

La pieza de baile terminó y Laramie la condujo hacia la salida sin decir nada más. Charles se interpuso en el camino de ambos.

—Elena —la tuteó, algo que tampoco agradó al conde—. ¿Me concedes este baile?

—Será un placer —dijo—, antes... —se quitó la gargantilla del cuello, a pesar de que se verían sus quemaduras y lo que eso suponía para ella. Le demostraría de qué estaba hecha una dama inglesa—, esta bagatela pesa demasiado y no tiene ningún valor para mí.

Miró a su marido para que la soltara con una clara provocación en los ojos. Si Laramie no la dejaba bailar con su mejor amigo, añadiría otro comentario inapropiado a los que ya se rumoreaban sobre ellos. El conde cogió el colgante y se lo guardó en uno de los bolsillos de la chaqueta.

—¿Qué tal con el lobo de mar? —preguntó el médico con una mueca que la hizo reír cuando empezó el baile.

Charles la miró con cariño y Elena, a falta de mejor confidente, le mostró parte de sus sentimientos.

—Jamás me perdonará —reconoció con tristeza. Había empezado a sospechar que estaba enamorado de su prima—. Pienso que quería mucho a Virginia.

—¡Amarla! —Charles rio a carcajadas y desvió los ojos hacia Laramie, quien no dejaba de mirarlos como si en cualquier momento tuviera la intención de pegarle como hacían tantas veces en el club—. Nunca me dijo tal cosa. Laramie desconoce qué es el amor.

—Habrá tenido mujeres..., bueno, relaciones.

—Sí, ha tenido mujeres y muchas relaciones, pero nunca amor. Laramie es incapaz de amar —dijo Charles con tristeza—. Ha sufrido demasiado desde la muerte de sus padres.

—Yo, también —respondió bajando la cabeza. Charles le alzó la barbilla para que lo mirara y eso desató que el conde avanzara hacia ellos.

—Tú tienes corazón, él lo perdió hace mucho.

—¿Me permites que baile con mi esposa? —interrumpió con brusquedad. El joven asintió con una sonrisa y después de besar la mano de Elena se retiró con discreción.

Laramie empezaba a exasperarse, si otra vez tenía que pedir permiso para bailar con Elena hablarían de esa fiesta en Devonshire durante años. Elena estaba triste, las palabras de Charles le habían afectado. Si de verdad su esposo carecía de corazón, su esperanza de formar una familia, de ser feliz, de ningún modo sería posible.

—Me gustaría irme —le pidió con pesar cuando el baile terminó.

Laramie observó el cambio sufrido en ella y creyó

que trataba de castigarlo por no permitirle bailar con otros hombres. Enfadado consigo mismo por dejar que esa arpía le influyera, la plantó una segunda vez en el centro de una sala de baile. En esa ocasión, Roger Matherson acudió al rescate.

9

Laramie no durmió esa noche, ni tampoco las seis siguientes. Se debatía entre claudicar o esperar a que Elena se humillara ante él para resarcirlo por la forma en la que lo había engañado. De una cosa estaba seguro, a partir de ese momento no desayunaría en casa. Últimamente los huevos de la señora Williams eran tan desagradables que casi le producían indigestión; además, las lonchas de beicon parecían trozos de cuero reseco de una silla de montar. Así que ese día decidió desayunar en el club. A primera hora de la mañana, pocos eran los hombres que lo visitaban, algún soltero con resaca o viudos que preferían desayunar en compañía. Después de terminar un segundo plato de beicon se dispuso a leer el periódico. Repasó entre las noticias de economía alguna que afectara a su negocio, luego miró las que hablaban sobre los ecos de sociedad. Nada que llamara su atención, que si lady tal se casaba con el duque cual; si la familia tal se enemistaba con la familia cual, hasta que leyó en letras impresas el nombre de la condesa Devereux. El periódico hablaba de la fiesta de Devonshire. En concreto, comentaba la belleza sorprendente y escondida de la condesa, un verdadero descubrimiento, según el periódico. Laramie se relajó, hasta que al final de una columna una línea mezquina y traidora lo obligó a tragarse la bilis: «La condesa bailó con Roger Matherson, conocido del conde Devereux, quien acompañó a casa a la condesa. Quizá el comerciante desee entablar nuevas negociaciones y emprender otro tipo de empresa...»

Arrugó el periódico, sin duda las intenciones del noticiario eran insultantes. Al dejarla en mitad de la fiesta ni siquiera tuvo en cuenta con quién regresaría a casa. Cada vez que intentaba poner en evidencia a su esposa, era él quien terminaba vapuleado. Debía cambiar de estrategia por el bien de Anna, su hermana llegaría al día siguiente y tras negociar con varios posibles candidatos a maridos casi tenía el elegido. Esperaba que la noticia del periódico no fuera un impedimento para cerrar el trato con el futuro esposo de Anna.

Elena pisó el periódico con un escarpín de satén azul. Odiaba a esa gente que veía maldad en todas las cosas. Se maldijo por ser tan estúpida, ¿qué esperaba que dijeran de ella al regresar a casa en el carruaje de Roger Matherson? Descubrir que su esposo carecía de corazón la había entristecido tanto que aceptó la compañía de Matherson, sin evaluar las consecuencias. «Laramie, ¿desde cuándo había empezado a llamarlo por su nombre de pila y no como conde?», se dijo sorprendida. Daba igual cómo lo llamara, después de leer el periódico seguro que añadiría otra cosa a la enorme lista que jamás le perdonaría. Terminó de desayunar, pensaba mejor con el estómago lleno y necesitaba aclarar ese malentendido. Thomas entró en la sala portando una enorme caja, en su interior había rosas rojas. Elena cogió la tarjeta y leyó: «Gracias por una velada encantadora, Roger.»

Y en ese instante, Laramie entró en la sala, al verla con las flores alzó las cejas de forma inquisitiva.

—Thomas, puede llevarse esto, dígale a la señora Williams que vea qué hace con ellas. —Intentó ocultar la tarjeta, pero el conde se dio cuenta.

—¿Quién es tu admirador? —preguntó, aunque tenía muy claro quién era.

—Una mujer casada no tiene admiradores. —Fue consciente de su error en el mismo instante en que pronunció la última palabra, era evidente que su esposo había leído el periódico.

—Es cierto, una mujer casada tiene amantes. —Elena enrojeció por la acusación; la ira, esta vez, se apoderó de ella. Intentó calmarse para que sus palabras fueran más envenenadas que las de su esposo.

—Quizá una mujer insatisfecha con su esposo tenga que acudir a un amante.

Apretó los puños al oírla. Si esa pequeña víbora intentaba cuestionar su hombría descubriría lo que era capaz de hacer un marido enfadado. El conde quiso responder, pero la señora Williams irrumpió en la sala y salió ofuscado; combatir también contra Marta hubiera sido demasiado. El ama de llaves observó a Elena, sus ojos se entristecieron cuando Laramie abandonó el cuarto. Pensó que se comportaban como críos de colegio. La señora Williams tomó la determinación de que la condesa debía avanzar en el ataque.

—Señora. —Elena insistió en que la llamara por su nombre, Marta se había negado, era la condesa Devereux y no habría formalidades en el trato.

—Sí, señora Williams.

—En Turquía —Elena había dejado de sorprenderse por los lugares que esa mujer había visitado—, porque estuve en Turquía, y las mujeres de allí son muy ladinas en menesteres maritales, ellas incitaban a sus esposos con aceites, perfumes y sedas.

—¿Me propone que seduzca a mi esposo? —Existía un problema, no tenía ni idea de cómo hacerlo.

Marta sonrió.

—En Egipto...

—Porque estuvo en Egipto, ¿verdad? —dijo Elena, y ambas rieron con la camaradería surgida entre ellas.

El conde Devereux se encerró en su despacho con la idea de leer el correo, aunque, en realidad, huía de su esposa. Luego, iría al cuadrilátero, si seguía visitándolo no le quedaría un lugar en el cuerpo en el que no le hicieran un cardenal. Sus oponentes empezaban a darse cuenta de que estaba distraído y aprovechaban esa ventaja para golpearlo sin un ápice de piedad. Observó el correo que había sobre el escritorio, una de las cartas provenía de China. Al abrirla sintió una profunda tristeza. Auguste de Chapdelaine había sido asesinado. Al final, luchar contra el contrabando de opio le había costado la vida. Meditó en cómo le daría la noticia a Charles. Su contacto en China le informó de que el hombre que había movido los hilos para matar a Auguste no había sido otro que Roger Matherson. Era el mismo hombre que había bailado con su esposa dos veces y del que se rumoreaba buscaba un *affaire* con la condesa. Si antes no lo odiaba, en ese momento lo mataría con sus propias manos. Cuando Charles descubriera que Matherson era el responsable de la muerte de su hermano, se enfrentaría a ese hombre y, pese a lo que creyera, no tendría ninguna oportunidad.

Elena esperó a la noche para llevar a cabo su plan. Marta la bañó con esmero, le dio un masaje y la untó con aceite perfumado igual que si hubiera preparado un pescado para el horno. Después, volvió a bañarla y por último la espolvoreó con polvos de rosas que la hicieron sentirse como una tarta de azúcar. La señora Williams no dejó nada al azar, como si evaluara a sus tropas de sirvientes revisó uno a uno los camisones de la condesa y optó por el que Rosalyn escogió para la noche de bodas.

—Sé que parece más propio de una fulana —no sabía si escandalizarse por el comentario de la mujer. Comprendía que la señora Williams era muy diferente del resto de las mujeres que conocía—, pero de eso se trata. —Alzó los hombros de forma pícara—. Debe ser tan meretriz como ellas en la cama y tan santa como la misma Virgen fuera de ella. —Se santiguó con devoción.

—¡Marta! —exclamó, escandalizada, la condesa.

—Cuando estuve en España, porque estuve en España, las mujeres de allí tenían un dicho: Hay que ser pu...

—Entiendo qué quiere decir, aunque no sé muy bien cómo hacerlo —le dijo.

Marta la ayudó a ponerse el salto de cama. Elena no estaba segura de que aquella ropa la ayudara. Vestida con esa gasa negra recubierta de lazos y encajes rojos se sentía una mujer pecadora. El camisón no dejaba nada a la imaginación, ni siquiera a la suya, y eso la puso nerviosa. La idea de que la rechazara, de que no quisiera amarla, la atormentaba. Marta le cepilló el cabello dorado y se lo dejó caer a la espalda. Le pintó los labios y le puso algo de color en las mejillas. Igual que si fuera una mujer egipcia le dibujó con kohl los ojos que hicieron que se vieran enormes y seductores.

—¡Está arrebatadora! Ni el más casto de los hombres resistiría no amarla esta noche.

—¿Ahora qué? —confesó desconcertada.

—Ahora baje al despacho, coja un libro de la biblioteca y no le haga caso.

—¡No puedo bajar así! Cualquiera podría verme.

—De eso me encargo yo, no se preocupe. —Sonrió.

Elena confiaba en esa mujer. Obedeció sus indicaciones y media hora más tarde bajó a la biblioteca donde el conde leía varias cartas y tomaba un whisky. Se sentía desnuda con aquella ropa, y el repaso con los ojos que Laramie hizo de su cuerpo demostraba que no era solo una impresión.

—Buenas noches —saludó con timidez.

Laramie no respondió, no era cuestión de cortesía, era de estupor, no entendía cómo la imperfecta flor se había convertido en el verdadero significado de su nombre: Elena. En ese instante hubiera peleado con cualquiera, pasado mil pruebas y matado por tenerla entre sus brazos. Ella se acercó a la estantería, su bata y camisón dejaban traslucir el trasero con el que había soñado varias veces a lo largo de la semana. La luz de las lámparas de gas reveló el contorno de unos pechos plenos y redondos. Tragó saliva, necesitaba concentrarse en su lectura, conocía lo bastante bien a las mujeres para saber qué pretendía. Resistiría una segunda vez las tentaciones de esa Circe, se dijo apesadumbrado y derrotado ante lo que veía; él no era ningún guerrero griego, sino francés. Y su esposa había convertido el cumplimiento de su matrimonio en una cuestión tan evidente como la erección que amenazaba con aparecer muy pronto en sus pantalones. Se removió incómodo en el sillón de piel.

—Buenas noches —consiguió responder.

—Quiero un libro, no puedo dormir —explicó de una forma tan inocente que hubiera convencido a cualquiera menos ducho en temas de seducción.

—Imagino que una buena lectura te hará dormir.

Elena miró al suelo, esperaba alguna reacción de su esposo, pero no se movía del asiento. Su excusa era buena hasta que cogiera el libro, luego no podía quedarse delante de él como una estatua.

—Sí —contestó desilusionada, y sintiéndose incómoda por su patético intento de seducción se tapó con los brazos los pechos de forma recatada, avergonzada por su torpeza.

—¿Quizá pueda ayudarte? —Laramie se obligó a

levantarse despacio para no tumbarla en el sillón. Aquella estupidez había llegado ya demasiado lejos, era su esposa y esa noche haría valer sus derechos como tal.

Elena retrocedió un paso cuando se acercó a ella con brusquedad. La agarró entre sus brazos y la besó con tanta pasión que creyó soñar. Nada era tan placentero como sentir sus manos acariciar su cuerpo que se movían con ansiedad. Elena respondió de la misma forma. Le quitó la chaqueta con manos temblorosas, tenía ganas de sentir la piel de su esposo. Tocar esos músculos que había visto en su noche de bodas y que él no le había permitido acariciar. Su impaciencia le impidió desabrochar los botones de la camisa. Laramie la ayudó quitándose la prenda y varios de ellos salieron despedidos al suelo. Elena absorbió como si fuera oxígeno el aroma a jabón que desprendía su piel. Acercó la boca a los pequeños pezones y los besó. El conde apretó los dientes, el atrevimiento de su esposa lo endureció como la mayor de uno de sus barcos. En el instante en que tocó su piel con las yemas de los dedos la empujó contra la estantería. Admirada por los fuertes músculos del abdomen recorrió con las manos cada centímetro de su piel morena por el sol.

—Laramie... —gimió esperanzada. Si de nuevo se comportaba como la otra noche jamás se lo perdonaría. Sentía en su interior un fuego ardiente que estaba segura que solo aplacaría su esposo.

—Sí. —La voz ronca de él le demostró que estaba preso de la misma pasión.

—Por favor... no seas cruel —le rogó con una voz que le sonó a ambrosía.

Laramie disintió con una mirada que apresó por completo a Elena. La primera vez hizo que conociera la montaña de placer para dejarla insatisfecha y frustrada. En esa ocasión no ocurriría algo así, aunque hubiese querido no podría detenerse, había sobrepasado ese límite. Esa noche le demostraría cómo amaban los franceses. Le bajó el camisón hasta la cintura y tomó uno de los pezones en la boca, jugó con ellos pasando de uno a otro. Elena se retorcía de éxtasis al notar la lengua cálida de su esposo succionar sus pechos, mordiéndolos con suavidad y enloqueciéndola de gozo. A Laramie la entrega de Elena lo estaba matando. La cogió por la cintura y se impregnó del aroma a rosas de su piel, del olor a harén, a seducción, a lujuria y, sobre todo, a mujer. Abandonó sus pechos y recorrió su estómago con leves besos que avivaban en ella el deseo más primitivo. Cuando se detuvo en el ombligo, su sangre bullía como el agua de una tetera. Laramie introdujo la lengua y lo recorrió despacio, sin prisa. Sabía muy bien lo que quería su esposa. Lo notaba en cómo le tiraba del cabello, movía las caderas o en la tensión de su estómago cada vez que su lengua abandonaba esa diminuta cueva para bajar un poco más hacia el rizado vello dorado. Elena enredó el pelo de su esposo entre los dedos. Mientras que las manos de Laramie habían recorrido sus pechos y su cuello dejando una sensación de quemazón que contraía sus entrañas. Pero cuando lamió su centro de placer sintió que mil estrellas se encendían para ella. Aquel hombre la enloquecería con sus caricias; si seguía así, se elevaría a los cielos sin necesidad de fallecer. Él continuó presionando, mordiendo, tocando y jugando con una parte de ella que desconocía que causara aquel trance agónico y una lenta muerte. Él tampoco podía esperar más y abandonó las caricias.

—Elena... —susurró en su cuello, para darle la oportunidad de detenerlo, si le daba permiso no se comportaría con caballerosidad.

—Sí. —La voz de su esposa lo liberó de las cadenas que lo retenían.

Laramie no necesitó nada más que esa palabra de aceptación. La alzó en brazos y la apoyó contra la estantería de libros. No podía llegar a ningún otro lugar, ni ella lo permitiría. Lo recibió en su interior como no lo había hecho antes ninguna mujer. Se adaptó a sus movimientos como si fueran un perfecto engranaje mecánico, sin que ninguno de los dos resistiera más el placer que los invadía.

—Termina de una vez con esta tortura —dijo casi con un hilo de voz, clavó las uñas en la espalda de su esposo y con renovado ánimo exigió—: Hazlo como si te cobrara por ello. —La vergüenza cubrió las mejillas de su esposa ante las palabras que escaparon de manera indecorosa de su boca.

Laramie sonrió con satisfacción. Algunas mujeres decían vulgaridades en la cama, no le importaba que Elena fuera una de ellas, resultaba excitante esa combinación virginal y obscena que convivía en la personalidad de su esposa. El conde se detuvo y Elena casi lo asesina con una mirada felina y peligrosa, su cuerpo palpitaba y se aferraba al de él como un salvavidas. El conde comenzó un movimiento más lento, más castigador, mucho más lascivo.

—¿Eso es lo que quieres?

—No... sí... —Se debatía enloquecida ante el prematuro descubrimiento de ese placer. El tormento que Laramie le infligía era tan abrasador que se quemaría por completo si seguía con aquel martilleo continuo y delicioso.

El conde sonrió complacido. Su esposa era un ángel muy pecador, algo que le gustaría experimentar más adelante. Ella le clavó aún más las uñas en la espalda y supo que no podría continuar con aquel suplicio más tiempo. Fijó en ella la mirada para verle el rostro cuando llegaran al clímax. Quería ver esos ojos verdes como nunca habían mirado a un hombre. Quería ver que ella era suya.

—Laramie... —susurró vencida.

El conde descansó la cabeza en su cuello, la sujetaba por las caderas y permanecía en su interior. Se negaba a abandonar su cuerpo, a pesar de que había respondido de una manera maravillosa, estaría dolorida. Elena lo miró con ojos desilusionados en el momento en que salió de ella.

—Por hoy es suficiente. —Besó de forma cariñosa la punta de su nariz.

Elena se sonrojó. Ese simple gesto invadió su corazón de felicidad. Debía subirle el sueldo a Marta, aunque la mujer no se pondría muy contenta al ver que la mayoría de los libros de las estanterías estaban en el suelo.

Cinco horas más tarde, Elena despertó en la cama de su esposo con una sonrisa dibujada en el rostro. Esa mañana, Laramie había ido a la estación de King's

Cross. Todavía no la había visto. Todo el mundo hablaba de los ladrillos de terracota y los numerosos arcos que la adornaban. La gente la comparaba con una catedral gótica. Quiso acompañarlo; sin embargo, le pidió que descansara. Después del encuentro apasionado en la biblioteca, la condujo a la cama donde le enseñó, con toda la delicadeza y paciencia inimaginable, lo que era el *amour français* y le había mostrado un mundo desconocido y excitante. Estiró las extremidades con un placer lujurioso. El olor de su esposo aún perduraba en las sábanas y una sonrisa bobalicona y satisfecha surgió en su rostro al recordar lo compartido en el lecho. A pesar de que continuaría mucho más allí, no quería que su cuñada se llevara una mala impresión de ella, así que se levantó y tras un buen baño y un mejor desayuno se sintió con una confianza renovada. Marta la atendió sin hacer ningún comentario. La sonrisa de ambas y el destrozo de la biblioteca junto con una cama deshecha demostraban que el plan había funcionado. Elena se retiró a la sala de música, tocó varias piezas alegres hasta que se vio interrumpida por las voces y los gritos de su esposo.

—¡Harás lo que se te ordene! —gritaba furioso, y apretaba los puños en un intento de controlar la ira.

—¡No voy a casarme! —contestó con rotundidad la joven con las manos en jarras.

La chica, algo más baja que su marido, se enfrentaba al conde con una valentía que envidió. Anna era la versión femenina de Laramie. Sus rasgos eran mucho más finos y elegantes, pero la belleza salvaje y el carácter autoritario pertenecían a la familia Devereux.

—¡Me da igual tu opinión! ¡Te casarás con un conde! —Su esposo sonó amenazador, algo que ignoró su cuñada al continuar discutiendo con él.

—No me casaré sin amor —aseguró Anna mucho más calmada, y su rostro reflejaba una voluntad firme.

—El amor no tiene nada que ver en un matrimonio, solo trae complicaciones. Los matrimonios sirven para engendrar herederos. Si quieres compañía o a alguien que te ame, cómprate un perro. —Los ojos de Laramie se cruzaron con los de Elena y pudo ver que esas palabras la habían herido.

—¿Dónde tienes el corazón? ¿Cómo puedes hablar así de matrimonio? Espero que el tuyo sea un infierno.

—Te aseguro que lo ha sido desde el primer día. —Anna vio a la mujer del pelo dorado que debía de ser su cuñada y lamentó que los hubiera escuchado. Había que ser ciego para no darse cuenta de que esas palabras le habían dolido—. Como siempre has dicho: no tengo corazón.

Esa vez, Laramie no miró a su esposa, no quería verse reflejado en sus maravillosos ojos verdes como un monstruo.

—Antes me mataré —insinuó la joven, sin mucha convicción.

—Hazlo pronto —le sugirió—, porque en tres semanas decidiré cuál de los condes es el mejor partido a escoger.

Ambos hermanos la ignoraron, Laramie se dirigió a su despacho y Anna subió corriendo la escalera que llevaba a su cuarto. Elena miró a Marta, quien estaba acostumbrada a los arrebatos de los dos y alzó los hombros en señal de derrota. Elena regresó a la sala de música, desanimada y dolida por comprender que la noche pasada había sido una forma de cumplir con su matrimonio. El conde quería herederos y necesitaba una esposa para ello. Su corazón se contrajo por la pena; por un instante creyó en la posibilidad de que tuvieran una oportunidad, de que la hubiera perdonado. Aporreó las teclas con furia y las lágrimas le impidieron ver la partitura.

En el despacho, Laramie escuchaba la furia de Elena convertida en acordes, que retumbaban en las paredes como cañonazos destruyendo lo compartido la noche anterior. No hacía ni cuatro horas que se había rendido a los encantos de su esposa. Vio con total claridad que Elena sería una condesa espléndida. Jamás había tenido a una mujer que se entregara a él de esa forma tan plena y con la misma ansia por descubrir, por experimentar diferentes retos en la cama, sin ningún tipo de pudor. Además, era una auténtica dama por nacimiento, carácter y modales. Una esposa que hubiera complacido a su madre, y una digna portadora del título Devereux. No podía olvidar sus ojos dolidos cuando escupió aquellas palabras. Su hermana lo había enfurecido desde que se bajó del tren. Anna se mantuvo durante casi todo el camino callada hasta que, con fastidio, Laramie le preguntó en el coche qué le pasaba. La joven estalló como la pólvora. Sus protestas lo irritaron tanto que antes de llegar a casa ya estaban enfrascados en una pelea. Se sentía perdido y ya le había costado reconocer que prefería a Elena en vez de a Virginia. Compararla con su ángel quemado era imperdonable. Se lamentó de sus palabras, pero ya nada podía hacer por evitar que su esposa pensara que era un hombre cruel. Sacó del cajón del escritorio la carta donde le comunicaban la muerte de Auguste. Había dilatado demasiado decírselo a Charles, esa noche hablaría con él.

Mientras tanto, en su habitación, Anna lloraba y maldecía al tirano de su hermano. Se decía una y otra vez cómo podía ser tan cruel y condenarla a un matrimonio sin amor. A ella le daban igual los condes, los títulos y la riqueza. Había vivido la mitad de su vida en la pobreza y había sido feliz, aunque reconocía que Laramie en los malos tiempos se ocupaba de que no le faltara de nada, incluso sacrificándose él mismo si era necesario. Amaba a Charles, y Charles la amaba a ella. Desde que lo conoció le fascinó el carácter afable y considerado del joven médico. Sus hermosos ojos azules la hacían suspirar cada noche, y sus cartas eran el único consuelo que tenía encerrada en aquel internado de Viena. Si Laramie descubría que Charles era el esposo que había escogido, lo retaría a duelo. Sin embargo, ya era demasiado tarde, su corazón y su mente le pertenecían. Decidida, Anna se dijo que no permitiría que Laramie se saliera con la suya, no se casaría con ningún conde.

10

Durante las dos semanas siguientes, Laramie la trató con cortesía, aunque en ningún momento le pidió que compartieran el lecho. Necesitaba tiempo para aceptar que nunca tendría un matrimonio como el de sus padres. En cada encuentro entregaría su corazón, mientras que él solo la visitaría hasta que engendrara un heredero.

Laramie parecía evitarla de forma intencionada. Sus ausencias a la hora de la comida y la cena le permitieron conocer mejor a su cuñada. Elena comprendió que Anna estaba enamorada de Charles, con oír el nombre del joven médico se ruborizaba. Cualquier mención a su persona era respondida con una defensa atroz que ya hubieran querido muchos reyes entre las filas de sus soldados. Se alegró de veras por ellos, apreciaba a los dos. A pesar de la impresión que le causó el primer día, era una joven amable y sensible que defendía su amor. Elena la envidiaba. Para Laramie su matrimonio jamás se basaría en ese sentimiento. Deseaba creer que lo compartido con él la noche de la biblioteca no fue una actuación del conde. No sería capaz de conformarse con esas pocas migajas. Después de saber que lo amaba, quería mucho más, quería ser la dueña del corazón de Laramie, el problema era que quienes lo conocían aseguraban que carecía de él. Así que para compensar su dolor decidió ayudar a los jóvenes enamorados. Esa mañana tocó el piano para Anna, su cuñada no dejaba de suspirar. Al terminar una última pieza, que la muchacha ni siquiera escuchó, decidió que debían animarse y el mejor sitio para hacerlo era el taller de Cossete.

—Hoy iremos de compras —propuso, Anna la miró con vehemencia.

—No tengo ganas —aseguró la chica con un hilo de voz.

—¡Vamos! —La animó—. Será divertido, te aseguro que el taller de Cossete es lo mejor que encontrarás en Londres. Gastaremos unas cuantas libras de tu hermano. —Le guiñó un ojo, y Anna aceptó la pequeña venganza.

—Está bien; además, te aseguro que serán algo más que unas cuantas libras —retó belicosa la joven. Elena sonrió con timidez, no esperaba una reacción como aquella y temió cómo se tomaría aquel gasto extra su esposo. Al ver el gesto de duda en la cara de su cuñada, añadió—: Laramie nunca ha sido tacaño ni avaro conmigo.

Esperaba que Anna tuviera razón, no tenía ganas de enfrentarse a su marido. La situación ya era bastante complicada.

Anna terminó comprando prendas interiores, sombreros y dos vestidos. Uno era para asistir a un baile, tenía varias capas de muselina de distintos colores pastel, y otro más sobrio para pasear por la mañana. Elena optó por un vestido en color turquesa con un hermoso encaje negro que bordeaba el escote, el bajo de la falda y rodeaba el talle haciendo de ella una mujer seductora.

—¡Estás preciosa! Tus cicatrices apenas se notan —aseguró con sinceridad Anna.

Se miró en el espejo, su cuñada tenía razón. El aceite que Marta le aplicaba todas las noches había mejorado las rojeces de las quemaduras. Aún eran muy visibles, pero no eran repulsivas; habían adquirido un tono blanquecino que la señora Williams disimulaba con polvo de harina cuando tenía que ponerse un vestido escotado.

—Gracias. —Se metió en el probador y Cossete la ayudó a quitarse las cintas del corsé.

En ese instante, un par de señoras entraron en la tienda. La costurera cometió el error de no haber cerrado la puerta del taller como hacía cuando estaba con sus clientas preferidas. Intentó salir de inmediato, la condesa la sujetó del brazo cuando escuchó el nombre de su marido. La modista la miró a los ojos y negó con la cabeza, Elena no la soltó. Cossete lamentaba que se enterara de lo que todo Londres ya murmuraba.

—El conde Devereux debe de ser un amante excepcional. —Se escucharon risitas apagadas—. Visita a la Albridare todas las noches y le han visto salir de su casa de madrugada —dijo una de ellas.

—No me extraña —respondió la otra—, su esposa es un monstruo y, además, una arpía manipuladora, lo engañó muy bien para cazarlo.

—Pobre hombre, imagina lo que debe de ser cumplir con sus obligaciones matrimoniales casado con una mujer quemada.

—¡Horrible!

Elena evitaba derramar las lágrimas que pugnaban por salir de sus ojos. Laramie tenía una amante y la había tenido desde el primer día. No podía pedirle explicaciones, porque ella lo había engañado, de forma vil, para casarse. Pero descubrir cómo los celos asolaban su interior la destrozaron.

—La marquesa Albridare es una mujer muy bella con gustos extravagantes que deben de atraer a cualquier hombre. Dicen que estuvo un tiempo en un harén para aprender todos los secretos de la seducción.

Elena no aguantó más la humillación y dos lágrimas gruesas brotaron de sus ojos. Se sentía avergonzada al pensar que su marido y la marquesa se habrían reído de ella por sus intentos patéticos de seducirlo. El día de la biblioteca tuvo que disfrutar al compararla con la experimentada marquesa, con una mujer que conocía el arte de la seducción como ella las partituras de Beethoven. Imaginarlos en la cama era perturbador y al mismo tiempo doloroso. El conde había conseguido su objetivo. Se había vengado de la peor manera posible. Había descubierto allí mismo que lo amaba, que lo amaría toda la vida, que su corazón le pertenecería para siempre. También, que Laramie era más cruel que ningún otro hombre al hacerle creer que le importaba, que aquella noche había sido especial y que ella lo había seducido. Cuando, en realidad, estaba tejiendo la red de una venganza. Se mordió el puño para evitar un grito. Cossete salió hecha una furia y echó a las mujeres de allí hablando en francés. Anna, que lo había escuchado todo desde su probador, se apresuró a entrar en el de su cuñada y la encontró llorando.

Esa tarde, Anna irrumpió como un basilisco en la sala de música donde Elena se había refugiado para lamerse las heridas.

—¡Quiere casarme con lord Chapman! —La joven miró a su cuñada con los ojos enrojecidos por el llanto.

Elena comprendió la desesperación de la chica. Lord Chapman podía ser su padre, era un tipo barrigón y calvo con fama de borrachín y poco hablador.

—¡No puede ser cierto! —Se levantó y se acercó a su cuñada para abrazarla. La muchacha hipaba por el llanto y la desesperación.

—Es asqueroso. —Anna se paseaba por la habitación como un felino enjaulado—. Te aseguro que me mataré si me obliga a casarme con él.

—¿Estás segura de que es lord Chapman el escogido?

—Acaba de decírmelo. —Los ojos de la chica le suplicaron que hablara con su esposo.

—Él no me hará caso —aseguró entristecida por la situación.

—¡Por favor! —rogó.

Elena respiró hondo y se dirigió a la biblioteca. Golpeó la puerta con los nudillos, dos veces, y esperó a que le diera permiso para pasar.

—¿Puedo hablar contigo un momento? —acertó a preguntar, y se sintió tan cohibida como una alumna ante el despacho de la directora de un internado.

—Pasa. —Laramie la observó con una fingida falta de interés, suficiente para ver bajo sus hermosos ojos unas ojeras tan grises como las velas negras de viejos barcos anclados en un puerto.

—Quiero hablarte de Anna. —Se sentó frente a él y Laramie se puso tenso al escuchar el motivo de la visita.

—No hay nada de que hablar. —El conde continuó escribiendo en una hoja.

—No creo que sea así, debes entender que...

—No te metas en esto, no entre mi hermana y yo —le dijo con una violencia tan evidente que Elena se encogió en el asiento.

—Ese hombre es repulsivo. —La cara de asco de su esposa causó en Laramie ganas de reír.

—Ese hombre es conde y cada uno se conforma con lo que le toca en el matrimonio. —Elena entendió muy bien las palabras.

El conde Devereux tenía que conformarse con una mujer como ella, sin belleza ni dinero. Después de lo que había oído en el taller de Cossete su corazón la traicionó y furiosa se puso en pie y gritó:

—¡No tienes corazón! Condenarás a tu hermana a una vida horrible.

—¿Y tú? —la acusó molesto porque lo considerara alguien sin sentimientos. Se la veía hermosa lanzando destellos verdosos por los ojos en defensa de su hermana. Tenía las mejillas enrojecidas por la pasión, lo que reavivó su deseo por ella. Laramie no quería responder, pero la cólera pudo más que su prudencia—. ¿No pensaste que al engañarme tendría una vida horrible?

Esa vez, Elena enmudeció, tenía razón. Cuando lo planeó no imaginó que entregaría el corazón en ese negocio, si no jamás lo hubiera hecho.

—Bien que le has puesto solución —le recriminó, y apretó los puños a causa de las ganas que tenía por agredirle.

Nunca había sido una persona violenta, aunque su esposo despertaba en ella no solo sensaciones maravillosas, sino también otras de las que no se sentía nada orgullosa.

—¿A qué te refieres? —Laramie no comprendía el cariz que aquella conversación tomaba.

—¿Ni siquiera piensas reconocerlo? —Los ojos de Elena fulminarían con la mirada una piedra—. Supongo que os habréis reído de mí muchas veces, de tu quemada esposa y sus patéticos intentos por seducirte. Sé que no puedo obtener tu perdón, pero no era necesario mancillar mis sentimientos... —Elena enmudeció por lo que acababa de confesar y las lágrimas brotaron de sus ojos sin que ella lo advirtiera.

Al ver el dolor en el rostro de su esposa, Laramie quiso explicarle el motivo de sus visitas a la marquesa. Todo estaba relacionado con el opio y la muerte de Auguste. La casa de la marquesa era la más segura y lo único que arriesgaba era la reputación de marido fiel, algo que no le importaba, no imaginó que llegaría a oídos de Elena. Verla de esa manera en cierta forma le alegró, al demostrarle que no solo se había casado por su dinero como pensó en un primer momento. Comprendió que le importaba su matrimonio y, por tanto, él. Sin embargo, no le contaría la verdad, no la pondría en peligro y lamentó que su forma de protegerla la dañara. La joven, consciente de lo que había confesado y de que Laramie se había dado cuenta de sus sentimientos hacia él, se volvió y quiso marcharse. El conde fue mucho más rápido y rodeó con las manos su cintura.

—No puedo explicártelo. Confía en mí —le rogó. Era lo único que podía hacer.

Elena miró los ojos negros de su esposo y se perdió en ellos. Laramie llevaba dos semanas deseándola, necesitaba amarla en ese mismo instante. La cogió en brazos y la llevó hasta el escritorio, con una de las manos lanzó al suelo los papeles, las plumas y libros en los que había trabajado. La echó sobre la mesa y se apoderó de su boca, con tanta pasión que creyó estar en un mar confuso y tormentoso. Laramie la enloquecía con solo tocarla. Carecía de la fuerza y la dignidad suficiente para mantenerse firme en la decisión de no dejarse arrastrar por la poderosa atracción que ejercía sobre ella. Cuando la acariciaba de esa forma se sentía plena. Entonces, su corazón, su alma y su cuerpo le pertenecían y le daba igual con cuántas mujeres se acostara o el precio de su traición. Durante el instante en que lo sentía en su interior, el mundo se reducía a ellos dos y se engañaría pensando que la amaba. Laramie le alzó la falda y agradeció que careciera de aros y armazones para vestir en casa. Desgarró los calzones y la penetró con furia, quería que supiera que le pertenecía. Elena se agarró a su cuello para no dejarlo escapar. Lo recibió en su interior húmeda y por completo entregada. Laramie con cada embestida quería demostrarle que la necesitaba y que cada día sin tocarla o sin ver sus bellos ojos eran una tortura. En el instante en que ambos llegaron al clímax se dejó caer despacio encima del cuerpo de su esposa. Elena estaba exhausta, satisfecha y feliz. Lo perdonaría, se dijo con una sonrisa.

—Deja de visitar a la marquesa, por favor —le pidió, mientras él aún estaba en su interior.

—No puedo —pronunció consciente del daño que le causaría.

La rigidez del cuerpo de Elena fue muy evidente para Laramie. Comprendió que la magia de la pasión que ambos habían protagonizado en esa habitación se había roto. Le había rogado que abandonara a su amante y se había negado. Lo empujó con firmeza y se cubrió con timidez. Laramie la dejó hacer, sabía muy bien cómo se sentía.

—¿Por qué me has hecho el amor? —preguntó mirándolo a los ojos.

Laramie quería decirle la verdad, pero un desliz, un simple error y mandaría al diablo toda la trama que habían construido para apresar a Roger Matherson.

—Eres mi esposa, necesito un heredero y lo haremos cuantas veces sea necesario para conseguirlo. —Al decir esas palabras sintió que apuñalaba la confianza de su mujer.

Elena no se habría sentido tan sucia si le hubiera pagado. Se bajó de la mesa y con toda la dignidad que pudo reunir se marchó sin decir una palabra. El conde la dejó ir, esperaba que después de castigar al asesino de Auguste lo perdonara.

Durante las tres semanas siguientes, evitó encontrarse con su esposo. Desayunaban a horas diferentes, comían a horas distintas y procuraba acostarse cuando Laramie no había regresado de casa de la marquesa. Anna, en cambio, se había convertido en un fantasma. La muchacha se había encerrado en su habitación y solo aceptaba las bandejas de comida que Marta, con mucha paciencia, conseguía que terminara. El ama de llaves veía con claridad la situación: Elena amaba a Laramie, él sentía algo por su esposa y no entendía por qué tenía una amante. Anna estaba enamorada del joven Charles y el médico, con verla, se conformaba, incapaz de desafiar al conde. La mujer movió la cabeza con pesar y rogó para que Dios pusiera orden en aquel desastre.

Dos noches más tarde, la señora Williams llamó a la puerta de la habitación de Elena.

—¿Condesa? —preguntó ante la penumbra que envolvía el cuarto.

—Señora Williams, me duele un poco la cabeza —mintió.

—Para eso tengo una solución perfecta —dijo, y sacó del impecable delantal blanco un sobre.

Elena se incorporó de la cama, estaba pálida y con los ojos enrojecidos. Además, apenas comía y sus platos quedaban intactos, casi sin tocar.

—¿Qué es?

—Una invitación a un baile —respondió entusiasmada la mujer.

—Diga a mi esposo que no pienso ir.

—Señora, no creo que tenga opción —dijo conciliadora la mujer.

Elena salió de la cama y arrancó el sobre de las manos de la señora Williams. La mujer quiso advertirla de que el conde no estaba solo, pero se dirigió hacia la puerta que separaba los dormitorios como uno de los jinetes del Apocalipsis. La condesa abrió la puerta sin llamar. Laramie estaba afeitándose. No le agradaba que nadie moviera una navaja sobre su cuello. Estaba con el torso desnudo y los tirantes de los pantalones le caían hasta los muslos. Elena tuvo que recordar para qué había ido ante la distracción de los músculos de la espalda de su marido, y el maravilloso tatuaje con su blasón. Un hombre de mediana edad estaba sentado en la cama y se limpiaba las uñas con un afilado puñal. Al verla, se puso en pie e hizo una inclinación propia de un aristócrata. Ante el silencio del conde él mismo se presentó.

—Soy Saúl, el contramaestre del *Antoinette*. —Tomó la mano de la condesa y la besó.

Era un hombre apuesto a pesar de los muchos años pasados en alta mar. Tenía unos modales de otra época, parecía español. Se alisó el bigote con un gesto de coquetería.

—Encantada —respondió Elena con una tímida sonrisa.

El conde observó los dos hoyuelos que se dibujaron en el rostro de su esposa y le faltó poco para rebanarse el cuello.

—Capitán, no me contó que la condesa era una sirena de los mares, pero mucho más bella. —Elena se sonrojó.

—Saúl, jamás le contaría a un viejo pirata como tú que poseo una perla tan bonita —bromeó el conde. Sus ojos se encontraron con los de Elena y ella apartó la mirada.

—Algún día tiene que visitarnos en el *Antoinette*. Los muchachos querrán conocer a la mujer que ha atrapado a nuestro capitán. —Saúl no imaginó que al pronunciar esas palabras había causado un insultante recordatorio para Devereux que alteró el humor del capitán.

—Encárgate de que la mercancía llegue sin contratiempos —ordenó Laramie, en su voz se apreciaba cierta nota de resentimiento.

Saúl conocía muy bien al joven capitán. Había recorrido muchos mares en su compañía. Era justo la mayoría de las veces e implacable con los hombres que atentaban contra las leyes que imponía en su barco. Esa mujer lo alteraba más que cualquier otra. Observó a la joven que había engañado al conde. A pesar de no moverse en las mismas esferas, aún tenía oídos y había escuchado la forma en que se había casado con la chica equivocada. Aunque viendo esos ojos tan hermosos creía que pronto cambiaría de actitud. No había sido inmune a su voz de sirena ni tampoco a que era una verdadera dama.

—¿Si hay algún problema, capitán? —preguntó.

—Te ocupas de él como siempre. —Laramie se volvió para mirar a Saúl con la cara enojada. Elena contempló una frialdad terrible en sus ojos—. No quiero errores.

—No los habrá —contestó, y movió el puñal mientras hacía un gesto de cortar un imaginario cuello. Elena retrocedió un paso, asustada. El contramaestre guardó de nuevo el puñal en la funda y tomó la mano de la condesa para besarla en un gesto de pura galantería—. Condesa —dijo con un saludo de la cabeza que en otras circunstancias la habrían hecho reír.

—Se... señor —tartamudeó Elena, temblando.

El contramaestre se marchó y con su marcha le arrebató la valentía con la que había entrado en esa habitación para negarse a la orden que su esposo le había dado. Tragó saliva un par de veces ante la indiferencia de Laramie, que continuó afeitándose.

—No iré a ninguna fiesta, no soy un perro amaestrado al que puedas llevar de la correa cuando quieras y adonde quieras.

—¿Todavía no estás preparada? —preguntó con disgusto e ignoró sus palabras.

—Y no lo estaré. —El gesto de desagrado de su esposa avivó de nuevo el fuego de su furia y el resentimiento.

Laramie, al igual que Marta, prefería un enfrentamiento directo contra ella, aún recordaba el último en el despacho, al absentismo en el que se había encerrado los últimos días.

—Irás. Te lo pide tu esposo y lo harás.

Elena parecía una locomotora de vapor, furiosa y decidida. Laramie siguió afeitándose sin mirarla, aunque hubiera acariciado esas rojas mejillas y comido a besos su boca, que apretaba en un mohín enfadado.

—¡Eres horrible! ¡Un monstruo sin corazón! Un...

—Soy un conde que necesita que su esposa se comporte como tal —dijo con calma y alzó una de las cejas.

Elena tuvo suficiente, sin pensarlo, agarró uno de los libros de una estantería más cercana y se lo lanzó a la cabeza. Nunca había tenido buena puntería y dio en la jofaina. El agua mojó los pantalones de Laramie, quien pronunció unas cuantas palabras que ella jamás había oído y que seguro no eran demasiado elegantes. Se giró satisfecha por su valentía y se dispuso a prepararse para asistir a una fiesta. Aún no había estrenado el último vestido que le compró a Cossete. Esa noche se sentía con ganas de ser la mujer más mundana de todo Londres. Marta le guiñó un ojo, entendía muy bien qué pretendía, ahora ella lo pondría en práctica.

—¿Qué vestido se pondrá? —preguntó con una sonrisa el ama de llaves.

—El de color turquesa con encajes negros. —Los ojos de Elena relucieron ante la elección y la señora Williams asintió entusiasmada.

Esa noche, Laramie recibió en el *hall* a su hermana, al verla se sintió lleno de orgullo. La joven parecía un hada de los bosques envuelta en capas y capas de muselina de suaves colores. Su bello rostro estaba menos triste. Se alegró de que al final comprendiera la decisión que había tomado. Entonces, Elena bajó por la escalera, estaba arrebatadora. El vestido le otorgaba un aspecto demasiado seductor. Una punzada de celos, porque los demás hombres en la fiesta advertirían lo que él había visto, lo obligó a apretar los dientes. El cuello blanco y el nacimiento de los senos de Elena eran una tentación para los sentidos. Hubiera besado esa parte de su piel cuando pasó a su lado, pero se contuvo y les ofreció el brazo a ambas mujeres.

En la fiesta, Charles ya los esperaba. Al ver a Anna su embelesamiento fue evidente para todos, menos para

Laramie. Nunca imaginaría que su amigo tuviera otras intenciones lejos de las fraternales hacia la muchacha. Anna puso los ojos en blanco al comprender lo ciegos que llegaban a ser los hombres en cuestiones de amor. La música empezó a sonar y Charles pidió permiso a Laramie para que le permitiera bailar con Anna. Cuando los jóvenes se alejaron, Elena los observó con una sonrisa cómplice.

—Esta noche estás preciosa —le susurró Laramie al oído con una clara admiración en los ojos.

—Gracias —contestó con frialdad—. Ahora si me disculpas, voy a saludar a unos amigos de mis padres. Tu marquesa está en aquella esquina. No creo que nadie se sorprenda si la saludas. Tu esposa quemada no será un estorbo en vuestra relación.

Laramie enmudeció ante el ataque que le lanzó su esposa. No solo su aspecto había cambiado. Se imaginó aplacando esa nueva faceta de indomable fiera en la cama y sintió la boca reseca por el deseo que había empezado a surgir en él. Alcanzó una de las copas que los camareros ofrecían a los invitados y la apuró de un trago. Elena se alejó a saludar a sus conocidos. Varios caballeros se volvieron para ver la transformación de la condesa Devereux. Trató de calmarse, aunque viendo cómo movía las caderas su esposa, necesitaría algo más que la copa de champán para evitar abordarla.

Mientras tanto, Charles se sentía en el mismo cielo por tener entre los brazos a Anna. La había amado desde que la conoció. No se imaginaba una vida sin su presencia. Pronto sería de lord Chapman, ese patético y miserable hombre. Ese caballero no había hecho nada para merecer tales títulos, salvo querer casarse con su adorada Anna. La pena lo agobiaba. La muchacha, por su parte, cometería cualquier locura por estar con Charles, pero el médico se negaba a ser el responsable de su deshonra. Ambos se escabulleron del baile al apreciar que Laramie no dejaba de vigilar a Elena con un gesto de posesión que incitó más de un comentario sobre el matrimonio. Esa noche, la condesa se sentía poderosa, aunque no era la única que vio la jugada de los jóvenes, la vigilancia de Laramie ni su atractivo. Roger Matherson iba a jugar sus cartas. Necesitaba acercarse a Elena y la mejor forma sería a través de su cuñada. Siguió a los jóvenes y se hizo el encontradizo.

—Señorita Devereux, esta noche está maravillosa. —Charles se giró belicoso al escuchar de quién se trataba.

—Muchas gracias, señor...

—Roger Matherson —se presentó, y tomó las manos de la joven en un gesto galante que Charles le hubiera borrado de un puñetazo.

—Mucho gusto, señor Matherson —respondió de manera encantadora. No era tan ingenua. Los había pillado y quería ganarse su amistad, Matherson lo aprovechó de inmediato.

Roger observó a la muchacha. Su hijo tendría la misma edad si Devereux no hubiera acabado con él de una forma tan cruel y salvaje. Ahora, le haría sufrir arrebatándole lo que más quería, a su familia. Sintió un esquivo remordimiento por la joven, parecía inocente y feliz al lado de Chapdelaine, pero Laramie Devereux era un monstruo que debía pagar una deuda.

—El gusto es mío. —Charles agarró del brazo a Anna para alejarla de ese hombre, entonces, Matherson dijo—: No veo a su hermano por aquí. Quizá no es buena idea que dos jóvenes se queden solos por mucho tiempo en un jardín tan bonito, cuando muy pronto se hará público su compromiso con lord Chapman.

Charles enrojeció de furia y si no hubiera tenido a la muchacha cogida por el brazo le habría dado un puñetazo a ese mentecato. Anna asintió desconcertada. No era estúpida, un escándalo no la ayudaría a casarse con Charles, enfurecería a Laramie y lapidaría cualquier oportunidad de escapar con el hombre que amaba.

—Mi hermano no tiene por qué enterarse —respondió restregándose las manos con nerviosismo, y miró con cierto desprecio a los ojos del comerciante.

—Desde luego, querida, aunque un favor se paga con otro favor. —Roger sonrió y mostró una perfecta dentadura.

—¡Maldito perro! —gritó Charles—. ¡No estábamos haciendo nada indecoroso!

—Por favor —pidió Anna para que las voces de Charles no atrajeran la atención de otros invitados—, ¿qué quiere?

—Dicen que su cuñada toca como los ángeles. Me encantaría asistir a alguna velada musical en la que toque el piano, sé que es una virtuosa de ese instrumento.

—Así es. —Anna evaluó la petición, y consideró que no era comprometedora para su cuñada o para ella—. Supongo que podría venir mañana a tomar el té.

Charles le hubiera dado un par de azotes por cometer la estupidez de invitar a Matherson. En vez de eso, su gesto se crispó hasta que se le juntaron las cejas y evidenciaron que la invitación de Anna le había disgustado.

—Asistiré encantado, mañana a las cinco. —Besó la mano de la joven y se alejó con una sonrisa satisfecha por cómo se habían desarrollado los acontecimientos.

Charles agarró por los hombros a Anna y la zarandeó con cierta violencia.

—¡No tienes ni idea de quién es! —Los ojos de Charles estaban enrojecidos de ira. Anna lo miraba sin comprender—. ¡Es el asesino de mi hermano!

Anna lanzó un pequeño grito de espanto ante dicha confesión. Charles la soltó cuando varias parejas se acercaban hacia donde estaban. El médico se escabulló por uno de los caminos del jardín ya que si los veían juntos daría lugar a habladurías e incluso a un escándalo. Su única intención había sido la de ser amable y evitar que su hermano se enfrentara al hombre que amaba. Si Charles tenía razón y Matherson era el asesino de Auguste, se preguntaba qué interés tendría en Elena.

Mientras tanto, en la fiesta, Laramie estaba a punto de incumplir todas las normas de buena conducta al ver cómo su esposa coqueteaba con un caballero. Bailaba con un tipo alto y diría que atractivo, que con sus comentarios la hacía reír. La forma en que se acercaba a su esposa colmó su paciencia y mandó al fondo del océano sus buenos modales.

—Quisiera hablar con mi esposa —pidió, y rodeó

con las manos la cintura de Elena sin esperar el permiso del caballero y empezó a girar por la pista de baile.

—¡Eres un...! ¡Un... rudo, bárbaro, torpe y zopenco! —Elena era incapaz de definir con una palabra la actitud descortés de su esposo—. ¿Cómo has podido ponerme en evidencia delante de todo el mundo?

—¿En evidencia? No soy yo quien se restregaba con ese imbécil.

—¿Restregarme? —Y se detuvo en medio del baile—. No soy una de esas rameras que visitas en tus viajes.

Laramie contuvo la respiración unos instantes. Hubiera tumbado a su esposa sobre las rodillas y enseñado cómo un grumete debe comportarse ante un capitán. En su lugar, optó por una actitud mucho más fría y amenazante.

—Señora, jamás la compararía con una de las rameras que visito en mis viajes. No quisiera perjudicarla en la comparación.

El resto de las parejas los miraron cuando Elena abofeteó al conde. Al instante creyó morirse de vergüenza, pero aún no había sido suficiente. Lord Norfolk, ofendido por las maneras de un hombre que distaban mucho de ser las de un caballero, se acercó a la pareja.

—Conde Devereux —dijo, y al utilizar el título lo hizo con un manifiesto desprecio—. Creo que su esposa ha dejado claro que esta noche no desea su compañía.

—Haría bien en meterse en sus asuntos si no quiere que le parta la boca —respondió sin mirarlo. En cambio, fijó la mirada en la de Elena.

—No es usted un caballero.

—No, no lo soy —contestó con una sonrisa que hizo que lord Norfolk retrocediera un paso—. Le sugiero que se retire.

Lord Norfolk miró a derecha e izquierda y notó cómo el resto de los invitados observaba sus movimientos. Cometió el error de alzar el brazo para agredir a Laramie, entonces Devereux se defendió golpeándolo en el pecho, el impacto lo lanzó al suelo ante el espanto de Elena y la sorpresa de los presentes.

—Si vuelve a meterse en mis asuntos, y mi esposa es uno de ellos, le haré avanzar por la tabla de uno de mis barcos. Le aseguro que es el trato más caballeroso que recibirá por mi parte. —Se volvió hacia su esposa y le ofreció el brazo.

Sus palabras confirmaron a Elena que su esposo era un hombre pendenciero y muy peligroso.

11

Al día siguiente, Roger Matherson, tan puntual como la reina Victoria, se presentó en casa del conde Devereux a las cinco de la tarde. Tras la confesión de Anna no tuvo más remedio que tocar el piano. No se encontraba muy bien, se sentía cansada y creía tener algo de fiebre. De todos modos, agradecía que Laramie no estuviera en casa esa tarde. Si la encontraba en la sala de música con Roger, después de lo que había sugerido el periódico, quizá su esposo perdiera por completo las maneras y ella no se encontraba con fuerzas para afrontar otra discusión.

—Señor Matherson, ¿alguna preferencia en especial? —preguntó Elena, rígida como una estatua de alabastro ante el piano.

Roger notó el nerviosismo de la condesa. No dejaba de retorcer las manos en un intento vano por disimular su inquietud. Se había vestido con un anodino y triste vestido gris que acentuaba su palidez y sus ojeras. Parecía acalorada, como si estuviera enferma. Tenía que darse prisa en contarle el motivo de su visita, pero la presencia de su cuñada alteraba sus planes.

—Ninguna —contestó, y Anna le ofreció asiento.

La joven llamó al servicio para que sirvieran el té. La condesa se sentó ante el piano y empezó a tocar una melodía que trajo a Roger ciertos recuerdos olvidados de una vida que había perdido hacía mucho tiempo. Esa mujer poseía un don fascinante y durante un instante sintió un ápice de culpabilidad. Alguien con esa sensibilidad sería fácil de destruir cuando le confesara la razón que lo había llevado a pedir esa velada musical.

—Señorita Devereux. —Irrumpió en la habitación la señora Williams—. Hay alguien que ha venido a verla.

Elena y Roger sabían muy bien de quién se trataba, así que la joven, olvidándose de la obligación de permanecer junto a su cuñada, salió de la sala de música. Marta estaba indecisa, no dejaría a la señorita y al joven doctor solos por miedo a los rumores que desencadenarían las malas lenguas. Aunque dejar a la señora en compañía de ese hombre tampoco le inspiraba confianza. Un gesto de Elena con la cabeza la obligó a cerrar la puerta y acompañar a la señorita Devereux.

—Señor Matherson, ¿a qué ha venido? No creo que la música sea lo único que desea escuchar en esta velada. —Elena se tocó la frente con una de las manos. Estaba acalorada y creía que la fiebre le había subido.

A Roger le gustó la sinceridad y valentía de esa joven. Se notaba que había afrontado muchas cuestiones difíciles a lo largo de su corta vida.

—Tiene razón —declaró sin tapujos, y sin dejar de girar el bastón jugueteó con él en las manos.

—Usted dirá. —Permaneció sentada en la banqueta del piano. Había empezado a tener dolor de cabeza y quería terminar cuanto antes aquella visita.

—Quiero hablarle de su esposo. —Roger apreció cómo la joven palidecía, así que ella lo amaba, lo que mejoraba las cosas—. Ambos estamos en el negocio del opio —no estaba seguro de si tenía conocimiento de los negocios de Devereux, la condesa asintió y continuó hablando—, las cosas no han sido fáciles para mí, necesito una flota y usted puede dármela.

—Lo que usted me pide no agradaría a mi esposo. —Se puso en pie y se dirigió a la puerta—. Ya le dije en otra ocasión que no le vendería los barcos.

—No he venido solo por eso. —Elena se detuvo al ver el rostro colérico del hombre—. Su marido es un monstruo que asesinó a mi esposa y a mi hijo.

Elena no quería creer nada de lo que le contaba ese hombre, pero Laramie había sido contrabandista y muchas otras cosas más en el pasado para sobrevivir. Las dudas crecieron en su pecho como las malas hierbas. Quizá había cosas que era mejor no sacar a la luz. Estar casada con un posible asesino de mujeres y niños le pareció tan horrible que su tez palideció como la de un cadáver.

—¡Eso es mentira! —se obligó a defender a su esposo sin mucha convicción. No sabía nada de él, en realidad; desconocía por completo la vida de su marido, antes, e incluso después de su matrimonio.

—Créame —aseguró el hombre con seriedad y cierta tristeza.

Elena negó con la cabeza sus palabras. Abrió la boca

para decir alguna cosa en defensa de su esposo y Roger la acalló con el resto de la historia:

—Mi esposa y mi hijo estaban en uno de mis barcos. Devereux subió a él, lo abordó y lanzó al agua a sus ocupantes. Luego prendió fuego al barco, aunque antes encerró a mi familia en la bodega.

—¡No puedo creerlo! —Elena se negaba a creer que bajo la naturaleza de su esposo se escondiera un asesino.

—Condesa. —La palabra le sonó a Elena insultante tras las dudas que ese hombre había sembrado en su matrimonio—. No le voy a engañar. Quiero una justa venganza y destruirlo, le juro que lo haré con su ayuda o sin ella.

Roger Matherson se dirigió a la puerta y tras cerrarla una sonrisa malévola se dibujó en su rostro. Laramie se llevaría una desagradable sorpresa cuando hablara con su esposa, la joven parecía a punto de desmayarse.

Elena aguantó hasta que Matherson salió, luego cayó al suelo. El comportamiento que había conocido de su esposo le había enseñado que era un hombre peligroso y sin corazón. Alguien con esas actitudes era posible que fuera un asesino. En ese instante, al comprender que se había enamorado de un hombre tan cruel, el dolor fue tan intenso que cuando la señora Williams la encontró, necesitó llamar a uno de los sirvientes y a Charles para que la atendieran. La condesa Devereux estaba sumida en tal estado febril que Marta envió un mensaje a la casa de la marquesa de Albridare.

El sirviente con librea verde entró en el despacho donde el conde estaba reunido con el embajador francés. A duras penas y bajo más de una amenaza, Devereux había contenido las ganas de Charles por vengarse del hombre que había matado a su hermano. Le había prohibido enfrentarse a Roger; él se encargaría de que ese bastardo pagara cada uno de los atropellos que había cometido.

—Jampier —dijo Laramie—, si Matherson descubre nuestra jugada huirá de Inglaterra.

—Mi querido amigo, hemos interceptado sus barcos. Nuestros hombres esperan las órdenes para abordarlos, es cuestión de tiempo...

El embajador francés se calló al observar la presencia del sirviente. Los representantes de Inglaterra y Estados Unidos miraron al lacayo con cierta desconfianza.

—Henry —dijo la marquesa—, ¿qué ocurre?

—Disculpen —dijo el hombre con acritud ante las miradas de recelo de los invitados de la marquesa.

—Henry es de confianza —añadió de inmediato la mujer—. Habla, por favor.

—Han traído esta nota urgente para el conde Devereux.

Laramie leyó la nota en francés de la señora Williams y todos apreciaron en su rostro una inquietud.

—¿Ocurre algo? —La marquesa se jugaba mucho en aquellas negociaciones, pero era una mujer sensible y comprometida. Y la cara del conde presagiaba que le habían comunicado muy malas noticias.

—Mi esposa ha enfermado, me voy a casa —contestó, y su preocupación resultó muy evidente para los asistentes a la reunión. Su actitud alegró a la marquesa, había apreciado mucho a Victoria y a Robert MacGowan y deseaba de corazón que su hija fuera feliz.

—Por supuesto, espero que se recupere.

Marta no había especificado qué le pasaba, solo que fuera a casa y que lo hiciera lo antes posible. Su preocupación por Elena le resultó agónica. Jamás había sentido algo parecido por ninguna otra mujer. Ocupó el lugar de su cochero y azuzó al caballo con tanta fuerza que el animal voló en lugar de cabalgar a través de las calles de Londres. Al llegar, un sirviente lo esperaba con la puerta abierta, subió los escalones de tres en tres y casi sin aliento entró en la habitación de su esposa. Anna sentada en la cama cogía la mano de Elena con cariño. Charles le tomaba el pulso y la señora Williams le ponía compresas de agua fría en la cabeza. Si algo le sucedía a Elena nunca se lo perdonaría. Verla en aquel estado, tan pálida, lo afligió tanto que incluso su hermana temió por él.

—¿Qué tiene? —preguntó casi sin voz.

—No lo sé, la señora Williams la encontró así —dijo Charles.

Anna se lanzó a los brazos de Laramie llorando y culpándose de la situación. Su hermano no comprendía qué había ocurrido mientras estaba en casa de la marquesa.

—Tranquila. —Le acarició la espalda para que dejara de llorar y le explicara qué había pasado—. Vamos a la biblioteca.

Charles miró a Anna e intuyó que cuando le contara lo ocurrido estallaría como una tormenta en alta mar. Dejó a Elena al cargo de la señora Williams y bajó con ellos.

Anna se paseaba por la habitación retorciéndose las manos y sin dejar de llorar. Laramie se sirvió un brandi y ofreció otro a Charles. El muchacho miraba con congoja a su amada y con cierto temor la reacción de su amigo.

—Anna, ¡por Dios! —suplicó Laramie, después de beber de un trago la copa y pasarse dos veces las manos por el cabello en un gesto de impaciencia—. ¿Qué le ha pasado?

Su hermana se detuvo en medio de la biblioteca y lo miró a los ojos. El rostro de la joven estaba tan pálido que Charles temió que se desmayaría, pero era más fuerte de lo que su frágil cuerpo aparentaba.

—Ha sido mi culpa... yo... la obligué... ella no quería. —Hipaba y sollozaba mientras hablaba.

Laramie la hubiera zarandeado hasta sacarle alguna palabra que tuviera sentido y le aclarara qué había llevado a Elena a ese estado. Imaginar que pudiera perderla lo atormentaba. Decidió ante la confusión de Anna hacerle preguntas en vez de esperar a que le relatara lo acontecido esa tarde.

—¿Por qué ha sido tu culpa?

—El que tocara para Roger Matherson —respondió con los ojos anegados de lágrimas.

Al escuchar el nombre de ese hombre palideció de furia. Ese tipo era capaz de muchas cosas, los ojos del conde miraron con una preocupación genuina a Charles en busca de respuestas. Él negó con la cabeza. Elena no había sufrido ningún ataque físico. Fuera lo que fuera lo que le hubiera hecho ese hombre, no la había rozado ni con un dedo. Eso relajó en algo la cólera de Laramie, aunque seguía sin comprender por qué Anna obligó a Elena a tocar para ese hombre.

—¿Por qué le pediste eso? —preguntó inquisitivo.

—Porque... —Anna miró a Charles en busca de auxilio.

—Anna y yo salimos en el baile al jardín, Roger nos siguió y amenazó con levantar un testimonio indecoroso —intervino el joven.

El rostro del conde mostró un arrebato de furia que intentó controlar.

—Pensé que serías algo más inteligente. Comprometer a mi hermana de esa forma es algo impropio de ti. —Charles apretó los dientes para no contestar, no era el momento de confesarle sus sentimientos. Laramie estaba lo bastante enfurecido para cometer alguna estupidez.

—Lo siento —se disculpó.

—De eso ya hablaremos más tarde —sentenció el conde—. Después de que tocara para él, qué pasó.

—No lo sé —confesó Anna con la vista fija en los pies y avergonzada por su actitud.

—¡Cómo que no lo sabes! —Golpeó la mesa y resonó como un cañonazo en alta mar, profundo, intimidatorio y destructivo.

—No estaba allí —terminó por confesar con la vista fija en sus zapatillas de seda rosa.

—¿Y dónde estabas? —preguntó entre dientes.

—Charles vino a verme y salí a recibirlo.

—¡Fuera! —estalló tan enfadado con ellos que mejor era que desaparecieran de su vista cuanto antes.

—Necesito que me perdones —suplicó Anna, y se acercó a su hermano. Él no le negó el abrazo, pero en ese instante el amor que sentía por ella se resquebrajó. Le costaría mucho perdonarla y jamás lo haría si Elena moría.

—Charles —preguntó temeroso de la respuesta—, ¿cómo está de grave?

—No tiene nada físico; sin embargo, su mente se encuentra en un estado de impresión tan grande que la fiebre se ha apoderado de ella. Si supera esta noche es probable que todo vaya bien. —Las palabras del joven médico renovaron su esperanza.

—¿Qué puedo hacer? —Por primera vez en su vida se sentía perdido.

—Evitar que el calor de su cuerpo aumente.

Charles le sirvió una copa y se la entregó, luego cogió el brazo a Anna y con ella se dirigió a la puerta. Laramie apuró su bebida y se sirvió dos copas más de brandi. Se había enfrentado a muchos peligros y en la mayoría de las veces sintió un temor que pudo controlar. En cambio, ante la noche de incertidumbre que le esperaba el terror se apoderó de él. Se puso en pie y subió a la habitación de su esposa.

Charles había dado orden de que la señora Williams dispusiera de agua fría cada media hora. Las compresas debían cambiarse y con ellas refrescar el cuerpo de Elena para bajarle la temperatura. El ama de llaves la había vestido con un camisón sencillo de verano que facilitaba el trabajo. A Laramie se le hizo un nudo en la garganta cuando la vio en aquel estado. Parecía una niña, su larga melena dorada se desparramaba por la almohada en mechones húmedos y apelmazados. Tenía las mejillas enrojecidas, hubiera entregado la mitad de su flota porque ese sonrojo no fuera por la fiebre sino por el placer que él le causaba. Pasó las manos por el cabello y suspiró de manera derrotista.

—Saldrá de esta —aseguró Marta con una sonrisa cansada.

—Marta, yo lo haré. Vaya a descansar un rato.

La señora Williams asintió agradecida, sus regordetas piernas no la sostendrían por mucho más tiempo. Se marchó de la habitación rogando a Dios que la señora se recuperara.

Laramie permaneció a su lado toda la noche aplicando las compresas de agua fría. En mitad de la madrugada, Elena se agitó con violencia.

—¡No es verdad! ¡No ha matado a esa mujer y a ese niño! —gritó dominada por una pesadilla.

—Cariño, es un sueño —intentó despertarla.

Elena abrió los ojos vidriosos y vio cerca de ella al objeto de su inquietud. Las dudas, como un parásito, invadieron su mente febril y quiso alejarse de él. Se defendió con fiereza y arañó a Laramie. El conde no comprendía ese temor que parecía algo más que el producto de la fiebre. Tiró de la campanilla y una doncella apareció de inmediato para ayudarlo a calmarla. Charles, que no se había marchado, al escuchar los gritos de la condesa entró en la habitación y al observar el estado de agitación en el que se encontraba la obligó a beber unas gotas de láudano. La respiración de su paciente se tranquilizó poco a poco y, al final, cayó en una languidez que angustió aún más al conde.

Tras varias horas, Elena superó la fiebre y tanto la señora Williams como Laramie agradecieron a los cielos que así fuera. Todavía tendría que descansar. Charles diagnosticó que, tras dos noches sin fiebre, la condesa había vencido el episodio con la única recomendación de que debía permanecer tranquila y sin sobresaltos. La mente era muy frágil y sin saber qué originó ese estallido de enfermedad el médico aconsejó no alterarla en ningún sentido. Laramie, después de la primera noche, dejó en manos de Marta el cuidado de Elena, ya que cada vez que estaba cerca creía ver desconfianza y miedo en los ojos de su esposa. Esos sentimientos le atenazaban el corazón. Descubrir que ella lo amaba lo había henchido de felicidad y desenterrar sus sentimientos hacia Elena había sido perturbador. En esos días, el temor a perderla se convirtió en un arma tan dañina que nada le importaba en el mundo si no lo compartía con la única mujer a la que amaba. Darse cuenta de los sentimientos que albergaba hacia ella le había tranquilizado. Los días se sucedieron sin que su esposa cambiara de actitud hacia él. Cuando Laramie visitaba a Elena, ella permanecía callada, tensa si él se acercaba demasiado y evitó de todas las maneras posibles confesar qué había pasado la tarde en que la visitó Matherson. A pesar de que Laramie se armó de paciencia, a veces pensó que su esposa había levantado un muro de granito entre ellos.

Esa tarde se abordarían los barcos de Matherson, esperaba que la operación fuera rápida, discreta y efectiva. Devereux en compañía del embajador leía un telegrama. Un año antes se habían necesitado diez días para recibir lo que, con los nuevos descubrimientos y avances, tan solo había tardado tres minutos en llegar a Inglaterra desde Estados Unidos. El mensaje era claro: barcos apresados.

Ya habían pasado tres semanas desde que Elena recibió la visita de Matherson. En esos días, ella evitó cualquier contacto o conversación con su esposo. Cada vez que lo veía le asaltaban las dudas sobre lo que el amante de su tía le había contado. Esa noche, como el insomnio le impedía dormir igual que cuando era niña, bajó a la biblioteca. No había oído regresar a Laramie de la casa de la marquesa, ese comportamiento infiel era algo más que añadir al dolor que ya sentía. No encendió ni siquiera una vela, por el recuerdo de lo ocurrido en su infancia y se acurrucó en uno de los sillones de respaldo alto. El olor a tabaco y a cuero viejo que desprendía la habitación la adormiló. De repente, el ruido de una puerta al abrirse la despertó de un sueño agradable. Se mantuvo inmóvil, dispuesta a no desvelar su presencia y así advirtió que era Laramie con el embajador francés y el secretario del ministro. Sintió curiosidad por saber qué tramaba a esas horas impropias para una reunión de trabajo. La voz de su esposo sonó rotunda.

—Ahora queda acabar con él, darle muerte. No imaginan cuántas ganas tengo de que eso suceda.

Elena sintió que el corazón se le helaba; si alguna vez había tenido alguna duda acerca de la capacidad de su marido para cometer un asesinato, aquellas palabras eran la demostración de que se equivocaba.

—Brindaremos por ello —respondió un cuarto hombre que Elena no reconoció.

—Lo haremos ahora mismo —anunció el conde—, antes permítame que coja los documentos del escritorio y vayamos al salón a brindar con uno de mis mejores vinos traídos especialmente de Francia.

Elena se acurrucó aún más en el sillón, temió ser descubierta. Los murmullos de los hombres y la puerta de la biblioteca al cerrarse le indicaron que el peligro había desaparecido. Se escabulló a la sala de música, necesitaba tocar, evadirse de aquella terrible verdad, sobre todo, cuando sus sospechas estaban a punto de confirmarse: esperaba un hijo del conde. No dejaría que lo criara un asesino.

Ajeno a lo que había desencadenado en el seno de su hogar, Devereux sirvió una copa de vino a cada uno de los invitados a la reunión.

—Cuando se entere de la noticia de que sus barcos han sido hundidos veremos cómo reacciona, aunque presiento que será igual que si le hubiera clavado un puñal. Ese hombre los ama como si fueran miembros de su propia familia. Deben asegurarme de que se enterará de quién ha orquestado su operación y derrota. Por supuesto, será apresado cuanto antes. ¿Tengo su palabra?

—Así es, pero hay que hacerlo con discreción y sin que se levanten sospechas o el pájaro volará —dijo el embajador.

—Tengo la ocasión idónea para ello —intervino Devereux. Los dos hombres lo miraron a la espera de sus palabras—. Será en la fiesta en la que se anunciará la fecha de la boda de mi hermana con lord Chapman. Tan solo les pido que nadie advierta que Matherson es arrestado.

—No se preocupe —aseguró el secretario inglés—. Le prometo que nadie lo echará de menos.

Tres horas más tarde, Laramie se despidió de los tres hombres y escuchó las notas del piano. Se alegró de que tocara de nuevo. En los últimos días, ni siquiera se había acercado a la sala de música. El conde sonrió complacido, pronto Roger se pudriría en una prisión inglesa. Abrió la puerta de la sala de música y durante un instante permaneció inmóvil ante la imagen de su esposa. La música la envolvía y el cuerpo de Elena se mecía con cada nota que sus manos interpretaban como la primera vez que la vio tocar. Su pelo dorado caía por su espalda y no se resistió a la tentación de acariciar uno de los mechones. Cuando su esposa fue consciente de ello dejó de tocar. La música se detuvo y notó un dolor certero con la misma brusquedad como alguno de los golpes que a veces recibía en el cuadrilátero.

—Si me disculpas —dijo, y se puso en pie.

—¿Tan repugnante te parece mi presencia? —No quería pelear, sino besarla, confesarle sus sentimientos.

Jamás había amado a ninguna mujer como había descubierto que la amaba. El dolor y el deseo se entremezclaban con una inmisericorde voluntad. Los ojos de su esposa brillaban como dos esmeraldas relucientes y frías que no necesitó que contestara. La rabia por su desagrado provocó en Laramie deseos de hacerle daño, de devolverle el golpe, aunque se calmó al apreciar en su rostro una enorme tristeza.

—Estoy cansada —mintió.

—¿Qué te ha pasado?

Ver sus ojeras y su palidez lo obligó a intentar reconciliarse. La sujetó por la muñeca y la tensión de ella fue tan obvia que la soltó de inmediato.

—Quiero marcharme, incluso estoy dispuesta a darte el divorcio.

El conde no daba crédito a lo que escuchaba. El divorcio para una mujer como ella significaba ser excluida de todo círculo social, prefería eso a vivir a su lado. El rencor se instaló en el corazón de Laramie.

—Lo siento, querida. —Esa palabra la pronunció como un insulto—. Un Devereux se casa hasta que la muerte los separe. Puedes ir acostumbrándote.

—Jamás me acostumbraré a vivir con alguien que... que...

—No tienes otra opción —dijo colérico—. Te recuerdo que fuiste tú la que me obligaste a casarme contigo.

Laramie la miró a los ojos, sin entender a qué se refería, pero intuía que estaba a punto de escuchar algo terrible. Lo miraba como si fuera el mismo Herodes. Entonces, su esposa salió corriendo de la sala de música, la dejó marchar. Sería inútil retenerla.

Elena subió a su habitación con la única esperanza de que aún no fuera tarde para que Roger Matherson aceptara comprarle los barcos que tanto deseaba. Su esposo había sido tan generoso que, en el regalo que hizo a Virginia, había incluido una cláusula por la cual su prometida, la señorita MacGowan, tenía la autoridad suficiente para ejercer la venta, compra o cualquier otra gestión sobre esos barcos sin el consentimiento de su futuro esposo. Elena supuso que para Devereux era lo más romántico que un hombre podía hacer por una mujer. Miró la escritura de propiedad, no entendía de ventas, así que tendría que confiar en la honradez de Matherson, aunque dudaba de que tuviera mucha. Escribió una misiva en la que le citaba a que la operación de venta se realizara el único día en que podría verlo sin levantar las sospechas de su esposo, durante la fiesta donde se anunciaría la boda de Anna. Le escribió aceptando la transacción y le urgía que el dinero se lo diera en mano esa misma noche. Antes haría algo mucho más peligroso que vender los barcos, ayudaría a Anna y a Charles a fugarse para que contrajeran matrimonio. Al menos, ellos alcanzarían la felicidad. Les entregaría la mitad del dinero que consiguiera para que iniciaran una nueva vida. Sacó un pequeño maletín y metió dentro su antiguo vestido gris y un abrigo. Días antes supo gracias a Cossete que la hermana de una de sus clientes necesitaba una institutriz y había considerado la idea. Ahora, había llegado el momento de aceptar la oferta de empleo. La costurera francesa le contó a los Karisgston que Elena era una joven huérfana sin familia. El engaño duraría hasta que se notara su embarazo.

12

A la señora Williams la fiesta en la que se anunciaría el día de la boda de la señorita Anna Devereux le pareció más un entierro que una celebración. La condesa no dejaba de pasearse por la habitación. Estaba tan pálida que tuvo que aplicar dos capas de polvo de harina para disimular las cicatrices. En cambio, Anna tenía los ojos tan enrojecidos por el llanto que hasta un topo vería que el anuncio de su boda no la complacía lo más mínimo. En cuanto al conde, Marta suspiró, ese hombre era incomprensible. Había estado toda la noche anterior en su despacho, trabajando y bebiendo algo más que té. Se le veía cansado y furioso cada vez que miraba a su esposa. La señora Williams predijo, sin miedo a equivocarse, que alguna cosa muy grave se orquestaba en aquella casa.

Elena abrió la puerta de su habitación y comprobó que no había nadie en el pasillo, casi de puntillas se dirigió a la habitación de su cuñada. Esperaba que la chica fuera lo bastante sensata para aceptar su plan. Si de verdad amaba a Charles, era lo único que podía hacer.

—Anna, ¿estás sola? —preguntó Elena abriendo muy despacio la puerta.

—Sí, la doncella se ha marchado. —Se la veía muy triste y desesperada.

A pesar de estar vestida para la ocasión aparentaba ser una condenada a muerte a punto de presentarse a un batallón de ejecución.

—Tengo que hablar contigo y debe ser ahora. —Cerró la puerta y se apoyó en ella. Anna la miró con un brillo de esperanza en los ojos—. ¿Qué harías por tener el amor de Charles?

—Cualquier cosa, Elena, haría cualquier cosa. —La muchacha se abrazó a sí misma con una renovada ilusión.

—¿Aunque suponga que tu hermano reniegue de ti?

La joven cogió las manos de su cuñada y sin soltarlas respondió con una rotundidad inocente al hablar del conde.

—Mi hermano no es malvado, pero sí un estúpido por no ver la mujer maravillosa que eres. —Elena asintió, y evitó que su cuñada viera su tristeza.

Anna no imaginaba lo equivocada que estaba. Si averiguaba que su hermano era un asesino le destrozaría el corazón. A pesar de sus desavenencias con Laramie, amaba a su hermano.

—Esta noche te fugarás con Charles, os daré dinero para que iniciéis una nueva vida lejos de aquí.

Anna abrazó a su cuñada y la besó en el rostro con devoción.

—Gracias, muchas gracias. Te lo agradeceré toda la vida.

—Debes disimular —se apresuró a decirle sin dejar de mirar la puerta—. Tu hermano tiene que ser el último en enterarse. Así que borra esa tonta sonrisa de felicidad del rostro y piensa en la calva y en la barriga de tu prometido.

Anna se puso la mano en la boca para no dejar escapar una carcajada. Elena salió de la habitación, respiró con profundidad y bajó la escalera. El conde la esperaba en el *hall*. Al verla no sonrió, no recibió de él nada más que una fría bienvenida. Anna bajó tras ella y todos se dirigieron al carruaje que los llevaría a la fiesta. Elena, con disimulo, miró de reojo a su esposo. Deseó que cuando no estuviera a su lado pudiera olvidar sus besos, sus manos, sus caricias y su presencia.

Laramie observaba el cambio sufrido en su hermana, conocía muy bien a Anna para no saber que tramaba algo. La vigilaría de cerca. En cambio, Elena estaba sumida en una tristeza tan profunda que cualquiera que tuviera ojos en la cara sería capaz de verlo. Desconocer qué la afligía lo estaba volviendo loco. Esa noche le confesaría el motivo de sus visitas a casa de la marquesa, quizá fuera el momento de darse una verdadera oportunidad.

Al llegar a la fiesta, Elena se perdió enseguida de la vista de Laramie con la excusa de dirigirse al tocador. Seguirla hubiera llamado la atención, así que tuvo que dejarla marchar. La casa de lord Chapman era grande y de un gusto pésimo. Multitud de esculturas se entremezclaban con obras que valían una fortuna o que no tenían valor en absoluto. La inclinación por los tapices de cacerías rallaba lo enfermizo. Roger la había citado en la biblioteca. Si tardaba demasiado su esposo la buscaría. Al abrir la puerta comprobó que Matherson ya la esperaba. El comerciante fumaba un habano y había extendido en una mesa varios documentos.

—Condesa —saludó Matherson, e hizo una leve inclinación con la cabeza—, podemos empezar cuando quiera.

—¿Ha traído el dinero, tal como le pedí? —Miró hacia la puerta con preocupación, si alguien los descubría su plan de huir y de ayudar a Anna se esfumaría.

—Sí, ¿no quiere leer los documentos? —preguntó más por cortesía que por interés verdadero.

Algunas de las cláusulas eran abusivas y el precio muy por debajo del mercado. Sin embargo, la desesperación de la condesa no dejaba lugar a dudas. Quería huir de Devereux. En el último momento decidió aumentar la cantidad de dinero, y de esa forma asegurarse de que ella iría mucho más lejos.

—No será necesario, me fío de su caballerosidad. —Roger Matherson consideró que esas palabras eran una mera formalidad producto de años de educación.

—Muy bien, firme aquí y el dinero será suyo. —Tomó la pluma que le brindaba y se sintió como una traidora. Durante un instante, la mano le tembló y Roger fue consciente de sus dudas—. Recuerde, no traiciona a su esposo, sino a un asesino.

Elena firmó, entonces Roger le entregó el dinero y le besó la mano.

—Señor Matherson... —preguntó. A pesar de haber escuchado a su marido decir que mataría con sus propias manos a alguien, no terminaba de creerlo, no podía haberse enamorado de un asesino—, ¿está seguro de que fue él?

Matherson guardó silencio un instante y luego, con un rencor que envolvió a Elena en un abrazo de dudas, dijo:

—Condesa, huya de él o lo lamentará muy pronto.

Matherson salió de la habitación. Elena evitó llorar. Había tomado una decisión y dos personas dependían de ella para ser felices. Otra necesitaba un futuro mejor del que le esperaría si se quedaba al lado de su esposo, y se acarició el vientre. Si Laramie se enteraba de su embarazo la encerraría en una mazmorra antes de consentir que se marchara. Dividió el dinero y lo guardó en el bolso.

En la fiesta, Charles no dejaba de mirar a Anna cogida del brazo de lord Chapman. Los celos se apoderaron de su ánimo como si le mordiera una jauría de perros. Jamás le perdonaría a Laramie que destrozara la vida de su hermana. Aunque no debía culparlo, él era mucho más culpable, no había nada peor que la lealtad y eso es lo que sentía por su amigo. Dejaría que la mujer que amaba fuera entregada a otro por preservar una amistad que nunca más volvería a ser la misma. Se tomó el tercer whisky de esa noche. Los invitados empezaban a bailar y no soportaría presenciar cómo el conde anunciaba el día de su sufrimiento. Imaginar a su adorada Anna entre los brazos de ese lord Chapman le repugnaba y era capaz de cometer una locura que no beneficiaría a nadie. De pronto notó unos dedos que tocaban su antebrazo.

—¡Elena! —consiguió pronunciar al ver quién era—, esta noche no soy buena compañía —se excusó.

La tristeza del muchacho conmovió a la condesa. Buscó con la mirada a su esposo, hablaba con el embajador francés. Era el momento, se dirigía a la biblioteca en compañía de algunos hombres más.

—Vamos a bailar —ordenó ella. Charles por no ser grosero se dejó arrastrar con el rostro de un condenado a la horca.

—Elena —dijo algo molesto—, te he dicho que no soy la mejor compañía esta noche.

—Vamos, necesito disimular y que nadie nos escuche.

—No te entiendo —respondió el doctor, intrigado por las palabras de la condesa.

—Anna te espera en un carruaje a la salida, le he entregado mil quinientas libras, con ellas podréis iniciar juntos una nueva vida.

Charles la miraba sin comprender. Le ofrecía la solución que tanto deseaba y por lealtad no había sido capaz de tomar.

—Cuando Laramie se entere... —Charles la miró preocupado a los ojos.

—Me matará —dijo ella con una triste sonrisa.

Charles asintió con melancolía, sabía que su amigo no haría algo así, pero ignoraba que su confirmación había alentado el temor que Elena sentía por su esposo.

—Gracias, siempre estaré en deuda contigo —dijo, y besó sus manos. Luego, fueron bailando hacia la salida. En el instante en que las últimas notas de la música sonaron, Charles desapareció por la puerta acristalada. Elena les deseó de corazón buena suerte.

Desde el rincón donde Roger Matherson saboreaba

uno de los mejores brandis que jamás había bebido nunca, observó cómo el secretario inglés señalaba a varios de los invitados. Podía leer con claridad qué pretendía. Tomó una nueva copa que servían los camareros en grandes bandejas doradas y aprovechó el inicio del baile para escabullirse. La casa de lord Chapman era un laberinto de habitaciones y esa noche los invitados deambulaban por todas ellas. Dos hombres que no podían disimular que eran *bobbies* no le perdían de vista. Entró en la sala de billar y sorprendió a una pareja que se besaban, hizo un gesto para que permanecieran callados. El hombre que lo seguía entró poco después en el cuarto. Matherson le propinó un golpe con uno de los palos de billar que le rompió el cuello. El segundo polizonte llegó de inmediato y se enzarzó en una pelea con el comerciante. Roger desenvainó un florete de su bastón y lo mató con una estocada certera en el pecho. La dama emitió un grito que fue silenciado por la mano de su acompañante, temeroso de que Roger también acabara con ellos. Matherson agradeció el gesto con una sonrisa maliciosa. Luego, abrió una de las ventanas y saltó por ella. Bajar por la pared no era difícil para un hombre que trepaba a la mayor, en muchos de sus barcos, no hacía tanto tiempo. Su pierna derecha desde que un caballo lo tirara de la montura no era la misma, pero esperaba que eso no le causara una mala jugada. Cuando aterrizó encima de un parterre de petunias, divisó cómo la condesa Devereux subía a un coche de alquiler. Decidió que precisaba un as que guardar en la manga y esa mujer era la carta que necesitaba para ganar la partida.

Elena había salido justo después de Charles, aprovechó el momento en que su esposo se había perdido entre la marea que formaban los invitados. Le hubiera gustado verlo una última vez. En el fondo, su corazón reclamaba con cada latido estar a su lado, mientras que su mente le urgía a alejarse de él todo lo que pudiera. El llanto apareció como una corriente submarina violenta e inesperada. Había pedido al cochero que la llevara a la estación de King's Cross, al final la vería, pero no como hubiera deseado y el llanto se recrudeció de nuevo. Había sacado un billete para Edimburgo y de allí tendría que llegar a la mansión de los Karisgston. El coche se detuvo antes de lo previsto y cuando la portezuela se abrió Elena no pudo evitar un grito de asombro.

—¿Qué hace aquí?

Roger golpeó con el bastón el techo del carruaje y se puso en marcha.

—Perdone la intromisión, debido a que su esposo quiere matarme hay un cambio de planes. —Matherson le entregó un pañuelo para que se limpiara las lágrimas.

Elena no daba crédito a lo que le sucedía, ese hombre le había pagado y pedido que huyera y ahora la retenía contra su voluntad, porque eso era lo que estaba haciendo.

—No quiero participar en sus rencillas, tengo un billete para Edimburgo y pienso tomar ese tren.

Roger la agarró del brazo y la atrajo hacia él, por primera vez advirtió la malevolencia de ese hombre. La máscara de caballerosidad había desaparecido por completo. En su lugar, mostraba una violenta determinación que le hizo temer por su vida.

—Querida —acarició una de sus mejillas—, le recuerdo que no hace mucho era una mujer marcada por unas horribles cicatrices y ahora, mírese. —La yema de sus dedos rozó su mentón y bajó por su delgado cuello, hasta bordear los hombros y adentrarse en sus senos.

Elena quiso retirarse; sin embargo, Roger la aprisionaba contra sí y le dejaría la marca de los dedos en el brazo.

—¡No me toque! —le pidió con autoridad.

—Deliciosa —dijo, y la empujó contra el asiento—. Supongo que eso es lo que Devereux ha visto en usted. Ahora ha florecido y tiene espinas, lo que la hace mucho más interesante y apetecible.

Elena cruzó los brazos con la intención de protegerse el pecho. No dejaba de temblar. Laramie encontraría su carta en la que le explicaba que se marchaba y nunca averiguaría que Matherson la había secuestrado. El miedo la hizo encogerse aún más y poner las manos sobre el vientre.

—¿Dónde me lleva? —Necesitaba ganar tiempo, averiguar cuáles eran sus planes para escapar.

—Ahora no se preocupe. Quería alejarse de su esposo y yo le ofrezco esa oportunidad. —Sonrió con lascivia—. Le aseguro que ambos lo pasaremos muy bien y nunca la encontrará.

Elena miró por la ventanilla, pronto el paisaje de Londres quedaría atrás.

Al principio, los gritos de una mujer dieron paso a un momento de total confusión. Tras la sorpresa inicial por la muerte de dos de los *bobbies*, el resto de los policías buscaron al responsable sin ningún éxito. Lord Chapman despidió a los invitados, algo que evitó que el hombre sufriera el bochorno que hubiera supuesto anunciar el día de su boda sin encontrarse presente su prometida. Ningún sirviente la había encontrado y cuando Charles tampoco apareció, Laramie sospechó que habían huido juntos. La traición de su hermana no era nada comparable con la de su esposa. También había abandonado la fiesta, dejando muy claro que no quería estar en el mismo lugar en el que él se encontrara. El conde estaba agotado de luchar en un matrimonio que jamás quiso y al que habían abocado gracias a un engaño. Se sentó en una butaca y tomó una de las copas de whisky que el camarero sirvió al embajador, al secretario inglés y a lord Chapman.

—Devereux —dijo el embajador—, ¿tiene alguna idea de dónde puede ocultarse Matherson?

—Yo compraría esta misma noche un barco y me alejaría de Londres rumbo a Estados Unidos.

Laramie es lo que haría al día siguiente, dejaría que Elena se marchara y no buscaría a Anna. La reputación de su hermana había quedado manchada para siempre, ningún caballero la aceptaría como esposa. Esperaba que Charles hiciera lo correcto y se casara con ella.

En ese momento, la policía sacaba las camillas con los cuerpos. Todos se pusieron en pie por respeto a los agentes muertos en acto de servicio. Lord Chapman no soportó ver a los fallecidos y se desplomó en el suelo. Se necesitó la ayuda de dos sirvientes para arrastrarlo hasta su habitación y Laramie le lanzó una mirada de desprecio ante tal debilidad. Una inesperada sonrisa de agradecimiento surgió en su rostro al darse cuenta de que Anna se casaría con Charles y no con ese pusilánime lord.

—Si no me necesitan —Laramie inclinó la cabeza para despedirse—, me marcho a casa.

—Claro, le informaremos si tenemos alguna noticia del paradero de Matherson. —El secretario inglés le tendió la mano para despedirse y Devereux la apretó con fuerza.

—¿Pagará por lo que hizo? —preguntó Laramie cuando se soltó de su mano.

—No lo dude —había comprometido su palabra con el conde—, pagará por lo que hizo a Chapdelaine.

Una hora más tarde, ya en casa, Laramie entregaba a Andrew la capa y el sombrero. Marta salió a recibir a la señora, la había visto extraña toda la tarde y le sorprendió que no regresara con su esposo.

—Señor, ¿la condesa no viene con usted?

Laramie palideció, dio por sentado que Elena había vuelto a casa, casi no la había visto durante toda la fiesta.

—Creí que ya estaría aquí. —La preocupación se apoderó del rostro del conde.

Marta negó con un gesto de la cabeza y Laramie se dirigió a su despacho. Cogería un arma y la buscaría por todo Londres si era necesario. Observó que en el escritorio había un sobre con su nombre, la letra pertenecía a su esposa. La escritura pulcra y perfecta de Elena contrastaba con sus acusaciones y temores. Desconocía cómo había llegado a creer que era el causante de la muerte de la mujer e hijo de Roger Matherson, pero no dejaría que pensara que era un asesino. Muchas actitudes incomprensibles de su esposa se aclararon al imaginar las dudas que la habían atormentado. En la carta le pedía que no cometiera un asesinato. No entendía nada. Necesitaba encontrarla para aclararlo. Arrugó la carta y la lanzó lejos con rabia. No tenía ni idea de por dónde empezar la búsqueda. Debía encontrarla para convencerla de su inocencia, antes averiguaría qué le pasó a la mujer de Roger Matherson. Elena no creería su palabra si carecía de pruebas contundentes de lo ocurrido. Llamó a Thomas, el joven había resultado ser un investigador perspicaz, bastante diligente en asuntos que necesitaban mezclarse con los bajos fondos de Londres. El muchacho no se hizo esperar.

—¿Qué desea? —Thomas se mantenía rígido como exigía su posición.

—Cierra la puerta —obedeció a la espera de que el conde le dijera para qué le había requerido—, tengo un trabajo para ti.

Thomas se quitó los guantes y la chaqueta, se sentó en la silla frente al conde y su actitud servicial se borró para dar paso a la de un auténtico sabueso.

—¿Qué quiere? —La voz del joven tomó un tono más intimidatorio y seco.

—Quiero saber cómo murió y quién fue el responsable de la muerte de la familia de Roger Matherson.

El joven no se sorprendió de la petición, de todos modos no haría preguntas sobre un tipo como Matherson sin conocer el motivo por el cual el conde le pedía algo así.

—He hecho trabajos para usted y nunca he preguntado las razones, esta vez no me jugaré el pescuezo con un hombre como Matherson sin saber qué pretende.

Devereux dudó unos segundos, le humillaba tener que reconocer delante de nadie que su esposa lo acusaba de ser un asesino y que por eso lo había abandonado, pero no tenía otra opción.

—Roger cree que soy el asesino de su mujer y de su hijo. —Thomas lo miró con incredulidad, el conde jamás se comportaría de una manera tan vil—. Ha convencido a mi esposa y ella ha huido por miedo.

—Comprendo —respondió el muchacho a quien la condesa le caía bien. No exigía demasiado y a veces lo invadía un recuerdo de felicidad perdida cuando tocaba alguna de aquellas viejas canciones escocesas.

—Aquí tienes doscientas libras para comprar voluntades. —Laramie extrajo de un cajón el dinero y se lo ofreció al joven—. Esas quinientas son para ti.

Thomas se las guardó entre la ropa y con una convicción que hubiera deseado tener el conde dijo:

—Haremos que la señora vuelva.

Laramie sonrió con tristeza, dudaba de que Elena regresara a su lado aunque el mismo Papa de Roma asegurara su inocencia; sin embargo, no le acusarían de matar a una mujer y a un niño si no era cierto. Mientras tanto, a cada minuto que pasaba Elena se alejaba más de él. Sacó de un cajón una botella de whisky y empezó a beber. Iba a ser una noche muy larga.

13

Dos días más tarde, la señora Williams preocupada por el conde entró en su despacho. Lo encontró dormido en el sillón con varias botellas vacías de whisky a los pies. Llamó a un sirviente y le ordenó que ofreciera un té al señor Reickang, el administrador del conde. Después, despertó a Laramie.

—Señor —Marta lo sacudió con cuidado, al principio no reaccionó, pero ante la insistencia del ama de llaves abrió los ojos vidriosos y la miró como si no la conociera—, tiene una visita.

—No quiero ver a nadie —consiguió pronunciar con voz pastosa. El sonido de su propia voz aumentó el terrible dolor de cabeza producto de la resaca.

—El señor Reickang dice que es urgente.

Ya tenía bastantes problemas; si su administrador había salido del agujero de su oficina, algo que evitaba a toda costa, el asunto debía de ser importante.

—Dígale que lo atenderé enseguida. Antes me gustaría cambiarme.

—Por supuesto, señor.

Marta salió a cumplir la orden. Laramie necesitó

unos minutos para poner en orden sus pensamientos. Se tomaría dos tazas de café bien cargado para conseguirlo y a tientas llegó hasta la puerta. Subir la escalera se convirtió en una odisea que logró no sin unos cuantos tropezones. El agua fría que la señora Williams había ordenado vertieran en la bañera lo despejó por completo. Una hora más tarde, el señor Reickang era recibido en un despacho que Marta se había encargado de ventilar, limpiar y borrar cualquier rastro de los excesos de los días anteriores.

—Tome asiento —ofreció al administrador, un hombre enjuto y con anteojos se sentó en el filo de la silla—, ¿a qué ha venido?

—Es inconcebible, la condesa ha vendido los barcos que usted cedió como regalo cuando se prometieron —explicó sin dilación y luego añadió—: Le advertí que no era conveniente dar autoridad a una mujer sobre unos bienes tan importantes, pero usted no me escuchó.

Laramie ignoró la recriminación de su administrador y se puso en pie por la sorpresa de la noticia. Comprendió que la intención de Elena no era huir de su lado, sino también hacerlo lo más lejos posible. Los barcos costaban una fortuna, fue un estúpido al ceder esa propiedad como regalo a su prometida y más estúpido aún al añadir una cláusula que le otorgaba total autoridad sobre ellos. Después, había olvidado que Elena era la propietaria y jamás se le ocurrió pensar que después de todo lo que había hecho para conseguir un esposo lo abandonara.

—¿A quién se los ha vendido? —preguntó intrigado

y temeroso. Solo existía una persona con verdadero interés en esos barcos.

—A Roger Matherson —confirmó el administrador.

El conde apretó los puños y Reickang se encogió en el asiento ante el rostro crispado de su cliente.

—¿Por cuánto?

—Esa es la cuestión, la condesa los ha vendido por la mitad de su valor, casi los ha regalado.

—¿Podemos hacer algo para recuperarlos?

Laramie se sentó de nuevo, no dejaba de pensar por qué motivo Elena había vendido aquellos barcos a un hombre como Matherson. Quizá había algo más que desconocía y las insinuaciones del periódico eran ciertas. Las dudas se reflejaban en su rostro con total claridad. Reickang a pesar de ser un hombre de oficina tenía oídos en todas partes y se atrevió a hacerle un comentario sobre lo que le habían contado.

—Señor, se dice que la condesa es amiga del señor Matherson.

Laramie lo miró sin comprender del todo lo que el hombre sugería.

—¿Qué queréis decir?

El tono del conde amedrentó al administrador, que apretó los papeles con más fuerza de la necesaria.

—La condesa ha puesto un precio irrisorio. —El administrador intentó ser considerado con sus palabras—. Desde el día de la venta nadie ha visto a la condesa.

—¡Basta! —exclamó, y golpeó la mesa con uno de los puños—. No le pago para que hable de mi esposa, quiero una solución y si no la tiene es mejor que terminemos la reunión en este punto.

—Lamento decirle que no hay una solución, su esposa ha vendido los barcos a Matherson. Los papeles son legales, no hay engaños y el precio, aunque injusto, ha sido aceptado por la condesa.

Reickang se puso en pie e hizo una leve inclinación de cabeza. Después, se marchó dando unas zancadas hasta la salida. El administrador juntó enfadado las cejas, eso le pasaba por ir a comunicar las noticias a casa de los clientes, no volvería a hacerlo.

Laramie se quedó pensativo cuando Reickang cerró la puerta, a lo mejor su esposa no era la mujer que se suponía. Releyó su carta y nada en lo que había escrito le hacía sospechar que estuviera con ningún otro hombre. Imaginó que Matherson quizá aprovechó su debilidad, su momento de dudas para acercarse a ella y seducirla. Si ese hombre la tocaba lo mataría con sus propias manos. Pero si Elena se había entregado a él por su voluntad lo aceptaría y la dejaría marchar, pese a que su corazón se destruyera por completo. La autocompasión del conde se vio interrumpida por la llegada de Thomas, el muchacho entró y cerró la puerta del despacho.

—¿Podemos hablar? —Al borrar el tratamiento de cortesía que utilizaba como sirviente supo que le traía alguna noticia importante.

—¿Qué has averiguado? —Con un gesto le ofreció que se sentara.

—La mujer y el hijo de Matherson viajaban en el *Poseidón*. —Laramie recordaba esa goleta, era majestuosa y también lo que pasó—. Fue abordado y quemado, no pudieron salir de la bodega donde estaban encerrados.

—Lo sé —respondió invadido por unos terribles recuerdos. Ahora comprendía a Roger y el motivo de su venganza—. Yo estaba allí. —Laramie se presionó las sienes con los dedos—. Abordamos el barco, obligamos a todos a que saltaran por la borda, les habíamos dejado barcas, con nadar unas cuantas brazadas estarían a salvo. —Thomas observó cómo la mirada de Laramie revivía de nuevo la experiencia y cómo su piel se volvía pálida y sudorosa—. Ignorábamos que en la bodega se ocultara una mujer y un niño. Escuché los gritos e intenté salvarlos, cuando llegué el humo ya los había asfixiado y gracias a uno de mis hombres no sucumbí a las llamas.

—Ya sabe lo que quiere Matherson —afirmó el muchacho.

—Venganza y destruir todo lo que poseo. Todo este tiempo ha querido vengarse de mí, cree que yo maté a su familia, que los encerré en vez de intentar salvarlos.

—Hay algo más. —Thomas no estaba seguro de cómo reaccionaría al contárselo—. Se esconde en uno de sus barcos fondeado a varias millas del puerto.

—Muy astuto. Si no pisa suelo inglés no puede ser arrestado. Mis barcos tienen bandera china y se rigen por dicha autoridad.

Thomas evaluó la situación, había algo más y ocultándoselo no mejoraría las cosas para su señor.

—Eso no es todo —Laramie levantó una de las cejas—, dicen que la condesa se ha convertido en su amante.

Laramie se agarró al sillón y casi parte el brazo de madera. Thomas se puso en pie dispuesto a marcharse, pero Laramie lo detuvo.

—Necesito saber si eso es cierto. —Los ojos del conde rebosaban de ira contenida—. Haz que le llegue un mensaje a Matherson, quiero verlo.

—No creo que sea una buena idea, él no vendrá y si usted accede a subir a ese barco lo matará.

A Laramie le gustaba la inteligencia de ese chico, hubiera sido un excelente policía, aunque por esa vez podía ahorrarse sus consejos.

—No quiero tu opinión, obedece.

Thomas salió del cuarto con la idea de que el conde amaba a su esposa lo bastante como para ser tan estúpido de morir por ello.

Tres días más tarde, Thomas llamó de nuevo al despacho del conde. Como no escuchó el permiso para entrar, abrió la puerta. Su jefe había bebido lo bastante para vaciar dos toneles y su aspecto era el de un borracho apaleado. Se veía desmejorado, las ojeras evidenciaban que su preocupación había aumentado, al igual que los celos. El muchacho cerró la puerta y le entregó un trozo de papel que se utilizaba para envolver la carne. Estaba grasiento y desprendía un aroma a sangre por despiece de animales. El estómago de Devereux, tras varios días sin comer y de haber ingerido más alcohol que en su época de contrabandista, casi no resistió. Contuvo las ganas de vomitar y sus ojos se agrandaron al ver las palabras que habían escrito en la nota.

—¿Es consciente de la trampa? —Thomas quiso convencerlo de que acudir a esa cita era una locura.

—No me importa. —La decisión del conde era inamovible—. Necesito ver a mi esposa.

—Lo matarán. Además, los rumores... —Thomas colocó el sombrero delante de su cuerpo. Le daba vueltas entre las manos, temía que confesar lo que había escuchado a uno de los hombres de Matherson, obligaría al conde a cometer una estupidez mayor—. La condesa espera un hijo, dicen que es de Matherson.

Laramie se levantó y se dirigió a la ventana, no quería que advirtiera el estupor que le había causado la noticia.

—Entonces, con más razón debo verla, prepara el encuentro.

Thomas asintió y salió del despacho. Cuando la puerta se cerró, Laramie arrancó las cortinas de la ventana de un tirón. Se sentía tan traicionado que hubiera destrozado la habitación.

Y lo habría hecho de no ser por la resaca por lo que había bebido y por la necesidad de conservar las fuerzas para reunirse con su esposa.

Al final, Elena comió de las bandejas con apetecibles alimentos que Matherson le servía. Su conciencia no dejaría que actuara en perjuicio de su futuro hijo. El aumento del tamaño de sus senos y las náuseas que sentía por la mañana eran producto de un embarazo que la llenaba de felicidad a pesar de la situación en la que se encontraba. Se acarició el vientre con ternura. Al comer recuperó el ánimo y empezó a buscar una salida. Estaba encerrada en un camarote, en el mar y sus vías de escape eran escasas. No debía desalentarse, tenía que existir una forma de salir de esa horrible pesadilla. Roger le había entregado un vestido floreado, algo más sencillo que su traje de noche. Se lo puso porque le sería más fácil escapar con esa ropa que con la suya. Elena se incorporó en el camastro cuando Matherson abrió la puerta. Hacía dos días que no lo había visto y, ahora, se presentaba con una sonrisa triunfadora que no pronosticaba nada bueno.

—Hoy tendremos una visita —anunció, y se llevó el bastón al sombrero. Vestía de forma impecable y con una limpieza absoluta.

—A mí no me importan sus visitas. —Elena le dio la espalda, igual que haría una niña malcriada, algo que excitó a Matherson.

La joven se había convertido en una auténtica belleza, como le gustaba a Devereux. Tiró de su melena dorada, los ojos de Elena se agrandaron por el temor. Roger sintió la necesidad de tocar las suaves mejillas y besar su boca. Esos labios anchos y sonrosados despertaron en él un deseo creciente y alteró el ritmo de su respiración, casi agónica, ante la boca que esa mujer ignoraba poseer. Sus pechos se agitaban temblorosos aprisionados por el corsé. La cercanía de la condesa aumentó su excitación, aunque no la hombría perdida hacía tanto tiempo en una contienda con unos piratas filipinos. Roger tenía un oscuro secreto, jamás volvería a ser padre, eso le causaba mucho más dolor que el que le produjo perder a su primer y único hijo. La imposibilidad de que nunca engendraría otros aumentaba el odio por Devereux.

—Debería importarle, su esposo vendrá esta tarde. —Elena giró el rostro atemorizada, después de esos días en compañía de ese hombre, ya no estaba segura de que fuera cierto lo que le había contado—. Debe llevarse una buena impresión.

—¿A qué se refiere? —Matherson agarró su barbilla y la obligó a mirarlo. Elena temblaba de pies a cabeza, ese hombre la atemorizaba.

—Quiero que le demuestre que es mi amante.

Los ojos del hombre brillaban con una peculiar satisfacción, como si saboreara un triunfo aún mayor y aprovechó el momento para apoderarse de su boca. La soltó de inmediato al sentir los dientes de ella morder sus labios.

—¡Jamás! —exclamó indignada—. No haré creer a mi esposo que usted es mi amante.

—Entonces, caerá sobre su conciencia su muerte —la amenazó a la vez que se limpiaba la sangre con un pañuelo de encaje blanco.

—¿Será capaz de matarlo porque no acepto convertirme en su querida? —Elena lo cogió de la manga de la chaqueta—. No entiendo qué quiere de mí. —Roger señaló su estómago con el bastón, Elena retrocedió asustada—. ¡No!

—¿Cree que no me he dado cuenta? —Roger agarró de ambos brazos a la joven—. Sé que espera un hijo. He visto cómo intenta ocultar sus náuseas por la mañana y cómo se protege el vientre de forma inconsciente con las manos.

—No le haré eso a Laramie —aseguró, y se apartó del hombre.

—Querida, su esposo ya sabe que está preñada y lo mejor es que cree que el hijo es mío.

Su desesperación se reflejó en sus ojos. Elena lo abofeteó y Roger le devolvió el golpe con el envés de la mano.

—Las cosas serán distintas para usted, ese hijo será mío y quiero que a Devereux le quede claro. Si su actuación no es convincente, ninguno de los dos sobrevivirá.

Roger se dio la vuelta y dejó a Elena trastornada por la locura de sus palabras. La joven se limpió la boca manchada de sangre con la manga del vestido y las lágrimas surgieron sin que pudiera evitarlas. Debía ser precavida, su hijo era ahora lo más importante.

Esa noche, Laramie llegó al *Paradise*, el lugar al que debía ir según la nota. La dueña del burdel lo recibió con una sonrisa de satisfacción en la que se mezclaba el placer por conocer, al igual que el resto de Londres, que su esposa era la amante de Matherson y que esperaba un bastardo. La *madame* guardó silencio y eso fue mucho más mordaz que si le hubiera escupido a la cara. Hizo una señal al conde para que la siguiera y lo condujo a un camarote donde lo esperaba uno de los hombres de Roger, al que apodaban Antro. El tipo le sacaba una cabeza y le apuntaba con una pistola Sharps de cuatro cañones. Era una nueva arma que pocos tenían y parecía dispuesto a usarla. Le hizo un gesto con la mano que le encañonaba para que levantara los brazos.

—No llevo armas —aseguró el conde.

Antro no contestó e ignoró las palabras de Devereux. Lo registró de arriba abajo hasta asegurarse de que era cierto.

—¡Vamos! —Antro lo empujó hacia la salida.

Laramie obedeció sin protestar hasta llegar a una barca donde otro hombre con pinta de matón los esperaba y le dieron un remo. Se quitó la chaqueta, se remangó la camisa y se puso a remar. Calculó que lo hizo durante tres o cuatro horas hasta llegar a uno de sus barcos que ahora pertenecían a Matherson. Laramie estaba furioso y con cada remada su cólera en vez de aplacarse se encendía mucho más. Dos hombres desde cubierta le lanzaron una escala y el conde trepó con rapidez. Antro lo hizo tras él, sin dejar de apuntarle con la Sharps.

—Conde Devereux, bienvenido a uno de mis barcos. —Roger se abrió paso entre sus hombres, quienes se retiraron como las aguas del mar Rojo ante Moisés—. Espero que el viaje no haya sido agotador.

—¿Dónde está mi esposa? Quiero verla. —Laramie no jugaría a ese juego. Necesitaba ver a Elena y confirmar que los rumores sobre su relación con Roger eran una invención.

—La verá, está preparándose para la cena. Será nuestro invitado, le prometo que no intentaré matarlo como usted ordenó que hicieran conmigo en la fiesta de su hermana. —Roger golpeó a Laramie con el bastón y lo lanzó al suelo.

—¡Lo mataré con mis propias manos! —amenazó el conde, mientras se quitaba la sangre del rostro.

—Eso puede esperar, antes tenemos una cita con una dama.

Antro agarró a Laramie de un brazo y otro de los secuaces de Matherson lo hizo del otro arrastrándolo hasta el comedor. Roger presidió la mesa, un sirviente dispuso los platos con una formalidad impropia de un barco. La puerta se abrió y Elena apareció por ella. Estaba pálida, los coloretes en las mejillas eran algo exagerados, aunque su belleza esa noche le resultó a Laramie más salvaje. El vestido era mucho más llamativo de los que solía usar. El escote mostraba un generoso busto y su cabello le caía a la espalda en una espesa cascada de bucles dorados. Se acercó a Roger y lo besó en la boca. Laramie apretó los brazos de la silla al comprobar que los rumores eran ciertos. Esa mujer lo había humillado y destrozado lo que con tanto esfuerzo había logrado esos años: que el mundo tuviera, de nuevo, respeto por el apellido Devereux. Al verla con esa ropa y ese hombre comprendió que había sido un imbécil al entregar el corazón a una mujer que había creído diferente del resto, cuando, en realidad, lo había utilizado y engañado en su beneficio.

—Querido —dijo, y miró a los ojos de su esposo. Elena sentía que lo traicionaba y con cada gesto y cada palabra acuchillaba su amor por él—, casarme contigo fue un error. Lo descubrí la primera noche en que conocí a Roger. Ha sido un hombre maravilloso, me cuida y ahora nuestra felicidad es completa. Espero un hijo y te aseguro que no es tuyo.

—¿Cómo estás tan segura? —preguntó con los dientes apretados.

—Porque una mujer siempre está segura de quién es el padre de su hijo. Y tú no lo eres.

Roger se acercó a Elena y besó su hombro. Ella le acarició el rostro y le ofreció su boca. Laramie no soportó más la situación, no le importaba si perdía la vida en ese barco, Elena había pisoteado su orgullo y despedazado su amor. Se lanzó contra Matherson y Antro lo interceptó, el golpe lo estrelló contra el suelo dejándolo inconsciente.

—¡No! —gritó Elena, e intentó acercarse a Laramie, pero Roger la agarró del brazo para impedírselo.

—Llévalo a la bodega, pagarás con tu vida si escapa —lo amenazó—. Dentro de dos días cuando abandonemos aguas inglesas lo metes en una barca y deja que la marea se ocupe de él.

—Por favor, ¡no! Haré lo que me pida —rogó Elena.

—Querida, de eso no le quepa la menor duda. —Con un gesto indicó a Antro que procediera con lo que le había ordenado.

Las lágrimas de Elena casi no le permitían ver. Se soltó con asco de Matherson y se dirigió a su camarote. Ese día, Roger Matherson era un hombre feliz, había cumplido su venganza. Laramie Devereux moriría en esa barca y, gracias a su esposa, los días de vida que le quedaran los pasaría sufriendo. Ese hombre asesinó a su familia; ahora, él le robaría la suya. En ese instante, Rosalyn apareció por la puerta, la mujer llevaba una mezcla de colores extravagantes y de mal gusto que desagradó a Matherson. Pronto se desharía de ella. Había servido a sus propósitos, aunque ahora que tenía a una mujer como Elena, Rosalyn era una burda imitación de una esposa que carecía de la clase y la belleza de la condesa.

—Prometiste que después de que engañara al conde, la matarías. —Rosalyn se sirvió una copa de vino y se la tomó de un trago, el gesto disgustó aún más a Roger.

—Eso fue antes de saber que esperaba un hijo, quiero a ese niño —confesó, y apreció el dolor que se reflejó en el rostro de Rosalyn.

Roger era un hombre trastornado. Jamás habían compartido el lecho, se conformaba con verla hacer el amor con otras mujeres, cosa que le agradaba. Nunca le gustaron sus deberes maritales, aunque disimulaba muy bien para satisfacer a Troy y acallar cualquier habladuría.

—Puedes tener cualquier niño —sugirió sin mucha convicción. Roger era un hombre con una voluntad de acero. Si había decidido que tendría ese hijo, nadie en este mundo lo evitaría. Rosalyn torció la boca en un mohín caprichoso.

—No quiero a cualquier niño, quiero al hijo de Devereux.

Rosalyn se sirvió otra copa, imaginar que compartiría su vida con el nieto de Victoria era demasiado para aceptarlo sobria, tomó una tercera y luego se llevó la botella a su camarote. Roger se sentó e hizo un gesto al sirviente para que le sirviese la cena. El plato consistía en *roast beef* con puré de cerezas y compota de manzana al Oporto. Por primera vez en mucho tiempo, imaginó una vida como antaño, con una familia. Tarde o temprano, Elena se adaptaría a esa vida, su hijo y la necesidad de estar a su lado serían más que un aliciente para convertirla en su esposa a ojos de todo el mundo. Clavó el cuchillo en la carne e imaginó hacerlo en el corazón de Laramie.

14

Charles observó a su esposa desperezarse en la cama con lentitud. Llevaban casados tres semanas y daba gracias al cielo por su buena estrella. Al final, Elena resultó ser un verdadero ángel. A veces notaba que la felicidad de ambos se empañaba por las consecuencias de su conducta. Leía en el rostro de Anna, como si lo hiciera en un libro abierto, que su cambio de humor se debía al daño que le causaba el haber desobedecido a Laramie. Desde la muerte de su madre, había velado por ella y su casamiento, aunque era lo que más deseaba, también significaba una traición. Anna entreabrió los ojos.

—Vuelve a la cama —pidió, y su voz melosa excitó a Charles. No había otro lugar en el mundo donde deseara estar más que en esa cama y entre aquellos brazos, pero por el bien de su matrimonio necesitaban aclarar las cosas con Devereux.

Se acercó a la cama y besó con pasión los labios de su esposa, luego anunció:

—Debes vestirte, visitaremos a tu hermano.

Dos lágrimas surgieron en los ojos de la joven y

musitó una palabra que llenó de amor el pecho del médico: «Gracias.»

Dos semanas más tarde, Charles y Anna llamaban a la casa Devereux. La pareja intuyó que algo no iba bien cuando Andrew abrió la puerta y apareció con un gesto adusto y preocupado. El servicio esquivaba las miradas de la muchacha, su hermano no estaba y su cuñada tampoco. La pareja se encerró en la biblioteca y pidió que le sirvieran el té.

—No entiendo nada. He preguntado —dijo Anna—, y nadie quiere contarme dónde están mi cuñada y mi hermano. Ni siquiera la señora Williams sabe qué decir, solo reza para que todo se arregle.

Anna se paseó de un lado a otro de la habitación. Charles la interceptó y la tomó por los hombros para tranquilizarla.

—Seguro que alguno de sus negocios ha requerido de su intervención, no debes preocuparte.

—¿Y si es por Elena? Ella nos ayudó. —Anna se frotó las manos de forma nerviosa.

Charles había pensado muchas veces en Elena y en las consecuencias que su acción tendrían para ella. Imaginar que Laramie pagara su frustración en su esposa era inconcebible y así se lo dijo a Anna.

—Laramie es implacable con sus enemigos, aunque leal con sus amigos. Es un hombre de principios y jamás dañaría a alguien como Elena.

Unos golpes en la puerta interrumpieron la conversación.

—Adelante —dijo Anna. Thomas, uno de los sirvientes, entró y cerró la puerta ante la sorpresa del matrimonio—. Thomas, no hemos pedido nada. —Anna sonrió impaciente.

—Señora, tengo que decirles algo —anunció el joven, con gesto serio y decidido.

Charles cruzó los brazos tras su espalda y Anna se sentó en un sillón. La cara de preocupación de Thomas les alertó de que no eran buenas noticias.

—Adelante —pidió Charles, ya que el rostro de su esposa había palidecido y era incapaz de hablar.

—A veces —empezó entonces— hago otro tipo de servicios. —El médico asintió, conocía poco los negocios de su amigo, pero muchos eran peligrosos—. El caso es que cuando ustedes se marcharon —Anna enrojeció ante el comentario referente a su fuga—, la condesa también lo hizo y el conde me pidió que investigara si la señora se había fugado con Roger Matherson.

—¡No! —gritó Anna, y agitada se puso en pie. Charles la abrazó con ternura.

—El conde quería la verdad y me pidió que encontrara una forma de verse con ese bastardo. Perdón, señora —se disculpó con premura el joven—. Lo avisé de que se trataba de una trampa. No me hizo caso y las consecuencias fueron nefastas para el conde. Matherson le dio una paliza y lo metió en una barca para que la marea se ocupara de él.

Anna se derrumbó entre llantos al pensar que su hermano había muerto. Thomas se dio cuenta de inmediato de la torpeza cometida al haber contado la historia de esa forma.

—¡Oh!, ¡no ha muerto! —Anna se soltó de los brazos de su esposo y miró a Thomas con el rostro invadido por las lágrimas, el joven continuó—: Seguí al conde a pesar de que no me lo ordenara.

—¡Bien hecho, muchacho! —Lo felicitó Charles, y Thomas sonrió.

—Cuando estuve seguro de que ninguno de los hombres de Matherson me veía, subí a su barca y conseguí traerlo a casa. Después, el conde se embarcó en uno de sus barcos que no pertenecían a la condesa —aclaró el muchacho—, rumbo a China.

—¿Y Elena? —preguntó Charles, jamás hubiera imaginado a una mujer de esa clase relacionarse con un hombre como Roger.

Thomas manifestó con los ojos su preocupación por Anna, pero la joven, al advertir su indecisión, se quitó las lágrimas del rostro con la manga del vestido y le dijo:

—Habla, ¿qué pasó con Elena?

—Los rumores son ciertos. —Anna se sentó en el sillón, no podía creer lo que el sirviente le decía, Elena amaba a su hermano—. Además, está encinta y...

—¡Thomas! —dijo al joven al ver el estado de su esposa—, gracias, ahora puedes marcharte y decirle a la señora Williams que mi esposa necesita su compañía.

—Claro, señor. —El joven salió por la puerta.

—No puede ser cierto. —Anna lo miraba con lágrimas en los ojos—. Eso destrozará a Laramie, lo sé bien, no aguantará que el apellido Devereux quede embarrado de esta forma.

Charles agradeció la entrada de la señora Williams, quien se ocupó de Anna como cuando era niña. Al quedarse solo en la habitación apretó los puños atormentado, ya que ellos habían llevado a Elena sin querer a esa situación. Le angustiaba que su felicidad estuviera construida sobre la infelicidad de otros. Charles suspiró con tristeza. Esperaba que donde se encontrara Laramie encontrara la paz que tanto necesitaba y rogó al cielo para que su desgracia no destruyera su matrimonio con Anna.

Virginia había bailado feliz durante toda la noche, su pretendiente le gustaba. No era demasiado viejo ni demasiado rico. La trataba como a una mujer y parecía tan seguro de sí mismo, tan inalcanzable y misterioso que se enamoró de él desde la primera vez que cruzaron sus miradas en la sala de baile. Estaba harta de que todo el mundo dijera que era una niña; sin embargo, ese hombre la había besado y su cuerpo había reaccionado como si no hubiera un nuevo día. Decidió que esa noche asistiría a la cena de la marquesa Albridare en compañía de lord Rochester, el hombre al que amaría siempre. Con tan solo mencionar su nombre mil mariposas revoloteaban en su estómago. Decidió que se pondría algo especial. Las joyas que su tía Victoria compró mientras fue lady MacGowan eran mucho más bonitas y elegantes que las de su madre. Tenía permiso para utilizarlas, ahora necesitaba el consentimiento de su madre. La sola mención de su tía le cambiaba el humor, pero no quería defraudar a Ian, así se llamaba lord Rochester. Oponerse a Rosalyn no era fácil. Miró su vestido, el que se pondría esa noche, y tomó una decisión: necesitaba las joyas de Victoria. Se encaminó a la habitación de su madre, a esa hora estaría en la modista. Abrió la puerta despacio, rebuscó en los cajones del tocador hasta que dio con un par de cajas de terciopelo verde y otra mucho más pequeña. Abrió la más grande y comprobó que eran el collar y los pendientes que deseaba ponerse. Luego, abrió la caja pequeña y en su interior encontró un bote con un líquido rojizo que lanzaba destellos casi hipnóticos. Con letras doradas había escrito un nombre en latín. Virginia nunca había sido muy aplicada en esa materia, pero juraría que estaba relacionada con algún tipo de medicina. No creía que su madre estuviera enferma y lo dejó de nuevo en su sitio. Dos horas más tarde Virginia, ya preparada para asistir a la cena donde estaría lord Rochester, entró en la habitación de su madre para despedirse.

—Madre, quería desearos buenas noches. —Se acercó para besarla.

Rosalyn dejó de peinarse y observó a su hija, esa noche su padre la acompañaría a la cena. Había un lord interesado en Virginia y esa vez no quería estropear la ocasión de que contrajera un matrimonio adecuado. Todo en ella era encanto y belleza. Al ver el collar y los pendientes no pudo evitar que un atisbo de terror se reflejara en sus ojos.

—¿Quién te ha dado permiso para registrar mis cajones? —omitió responder a su pregunta.

—Madre —dijo conciliadora, no quería empezar

una discusión, no esa noche, cuando tantas ganas tenía de ver de nuevo a lord Rochester—. Padre me dio permiso para ponérmelas.

—¿Qué más cogiste? —preguntó, y alzó una de las cejas con desconfianza.

—Nada, madre.

—No me mientas. —Rosalyn se levantó y abofeteó a su hija con furia.

Virginia se tocó la mejilla sin comprender qué había hecho para enfadarla de esa forma.

—Vi el bote con el líquido rojo —confesó—, lo dejé en su sitio. —Rosalyn buscó con desesperación entre los cajones—. ¿Qué es?

—Una medicina —respondió con alivio al encontrarlo.

—¿Estáis enferma? —le preguntó preocupada la joven.

Rosalyn ignoró la pregunta y con una falsa sonrisa la animó a que se marchara a la fiesta.

—Diviértete, hija. Tengo un poco de jaqueca y mis nervios no están bien esta noche.

Virginia no contestó ya que en ese instante la doncella de confianza de su madre entró por la puerta. Mariam siempre la había acompañado, desde que contrajo matrimonio con lord MacGowan. Se conocían desde niñas y la lealtad de Mariam por su señora era conocida por todos.

—Adiós, madre.

Virginia se retiró de la habitación. La curiosidad pudo más que sus buenos modales y pegó el oído a la puerta. Una señorita educada y candidata a convertirse en la esposa de lord Rochester no debería hacerlo, pero algo le impulsó a satisfacer su curiosidad.

—Lo ha encontrado. —El silencio que vino a continuación confirmó que Mariam habría asentido.

—Señora, entonces debe darse prisa —le aconsejó.

—Lo sé, sé que el tiempo es mi peor enemigo. No dudes de que quiero matar a Elena. Aunque me preocupa que Virginia se entere, hoy ha descubierto el veneno.

—Tiene razón, tendría que hacerlo esta misma noche.

—Sí, se lo serviré en la cena a esa zorra.

—Señora... —dijo preocupada—, si el señor Matherson descubre que fue usted, la matará.

—Me prometió que una vez engañara a Devereux con la paternidad de ese niño, la mataría. Y en vez de eso, ha decidido convertirla en su mujer y formar una familia feliz. —Los ojos de Rosalyn parecían dos carbones encendidos—. Matherson no puede tener hijos, jamás podrá tenerlos y desea uno más que nada en este mundo —confesó, mientras se paseaba por la habitación vestida con un camisón de encajes y lazos—. Él cree que no lo sé.

—¿Qué sabe? —preguntó la sirviente con interés.

—Uno de sus hombres me contó que lo apresaron unos piratas. —Rosalyn hizo un gesto muy evidente que provocó una sonrisa malévola en la doncella.

—¡Es un castrado!

—Desde hace mucho tiempo —respondió Rosalyn.

—Entonces, no podéis dudar —aconsejó la doncella.

—No lo haré. Acabaré con Elena y nadie averiguará que fui yo la que asesinó a la hija de Victoria. —Rosalyn escupió las palabras con un odio visceral—. Luego, Troy seguirá sus pasos. No renunciaré a mi título de lady, cuando puedo convertirme en la viuda lady MacGowan.

Virginia se tapó la boca para no emitir un grito, retrocedió unos pasos pálida como si hubiera visto una aparición fantasmal y bajó los escalones de dos en dos en busca de su padre. Averiguar los planes de su madre la aterró. Lo encontró en el despacho.

—¿Estás ya preparada?—su hija no llevaba puestos ni los guantes ni su capa—, ¿qué te ocurre? —Al verla en ese estado Troy la abrazó.

Virginia no dejaba de llorar. Se sentía tan desolada por lo que había escuchado que su padre tuvo que darle un sorbo del whisky del que él tomaba.

—Madre... —El rostro de Troy cambió con brusquedad hasta convertirse en una máscara insensible. Había aceptado no echar a patadas a esa mujer hasta casar a Virginia— la he oído...

—¿Qué has oído? —Troy le hablaba con voz suave y la condujo hasta un sillón.

—Quiere matar a Elena y luego a ti. —Virginia se abrazó a su padre con desesperación.

Durante un instante, MacGowan perdió el habla. Su esposa era una mujer sin escrúpulos, fría como un desierto de hielo y tan interesada en el dinero que sería capaz de vender a su hija al mejor postor con tal de aumentar sus riquezas. Todas esas «buenas cualidades» las había descubierto nada más casarse; sin embargo, creerla capaz de tal atrocidad sobrepasaba sus expectativas.

—¿Estás segura? —Virginia asintió, y su padre la

creyó por completo. Abrazó a su hija y le sonrió para tranquilizarla—. Entonces, tendremos que evitarlo.

Troy la llevó de inmediato hasta el *hall*, pidió los guantes, el sombrero y la capa de ambos. Cinco minutos más tarde estaban rumbo a la casa del conde Devereux, antes lord MacGowan había ordenado que entregaran una nota al comisario de policía.

Charles se pasó las manos por el cabello intentando dilucidar qué había de cierto en las palabras de lord MacGowan. Anna sujetaba las manos de una joven que no dejaba de sollozar.

—Le aseguro que todo lo que me ha contado mi hija es cierto. No dudo de sus palabras, ni tampoco de que mi esposa —el hombre continuó con un descarado desprecio— sea artífice de ese macabro y terrible plan. He dado orden de que la apresen, pero creí importante decirle que mi sobrina es inocente de lo que se le acusa. No es una adúltera sino una mujer retenida en contra de su voluntad y, por supuesto, el hijo que espera es del conde, dado que Matherson es un castrado. —Troy pronunció las palabras con verdadera satisfacción e ignoró la presencia de las damas al hacerlo.

—Mi hermano debe saberlo —dijo Anna con una esperanza renovada—. Debe conocer que el hijo que espera Elena no es de Matherson, que todo fue un ardid para dañarlo.

—No tenemos manera de avisarlo. —Charles lamentaba lo ocurrido y no dejaba de pensar en cómo ayudar a su cuñado.

—Yo sé cómo hacerlo —intervino Thomas.

Todos se volvieron al unísono para asegurarse de que lo escuchado no eran imaginaciones. El joven apareció de entre las sombras, nadie en esa habitación se había dado cuenta de que estaba allí.

—¿Cómo? —preguntó Troy; luego, ante el mutismo de los presentes, alentó al joven con una mano para que continuara.

—Palomas mensajeras —dijo, y su rostro evidenció el entusiasmo por la idea.

—Simple, palomas mensajeras. —Charles repitió las palabras del joven con una alegría contagiosa.

Thomas se sentó en el escritorio, el descaro de ese muchacho unido con su inteligencia convenció a Charles de que conseguiría avisar a Laramie de la situación.

—¿Qué le ponemos en la nota? —Charles torció el gesto en una sugerente sonrisa que provocó en Anna el deseo de lanzarse a sus brazos.

—Debe prepararse para abordar un barco.

—Nadie podría explicarlo mejor —aseguró Thomas ante la incomprensión del resto de los asistentes, salvo para el médico.

Esa vez, todos se volvieron al ver a Charles con las manos en la cintura doblado a causa de sus propias carcajadas, las cuales llenaron de esperanza a Anna.

La brisa era agradable, todo lo agradable que podía soportar sin sentirse como un zoquete enamorado y engañado. Eso lo atormentaba más aún, en su vida había utilizado a las mujeres para satisfacer sus necesidades y, ahora, la que menos posibilidades tenía de dañarlo le había destrozado el corazón. Pensó que al casarse y no estar enamorado, salvo una lujuria comprensible ante la belleza de la escogida, nada complicaría su existencia. El muy imbécil, se dijo, ya había utilizado otros apelativos mucho más groseros para calificar su comportamiento. Se había dejado arrastrar por el inmisericorde Eros y ahora era un pelele en manos de una mujer que jamás lo amó y que nunca lo amaría. Apretó el timón hasta volver blancos los nudillos. Saúl, el contramaestre, no estaba seguro de si debía entregarle el mensaje que una de las palomas de Thomas había traído. El capitán estaba irascible y el último que cometió un error terminó limpiando las letrinas. Los rumores sobre la esposa del capitán eran conocidos por todos los hombres de Devereux y lo lamentaban por él. Pensó que la joven que había conocido no aparentaba ser una falsa y embustera mujerzuela, por lo visto se había equivocado al juzgarla. Deseaba que su capitán la olvidara pronto. Envió a Richard, el grumete, a que le entregara la nota.

—Capitán —dijo el chico, y alargó la mano temblando como una hoja—, esto lo han traído para vos.

Laramie miró de arriba abajo al muchacho como si hubiera cometido el peor de los pecados y le arrancó la nota de las manos. Richard huyó del puente igual que un banco de peces de un depredador. Devereux reconoció la letra de Thomas, ese joven era un auténtico demonio. Sus noticias eran tan alentadoras que quería creer que era cierto, que todo había sido una farsa, aun leyéndolo no podía olvidar cómo Elena había besado a

Matherson y se había entregado a sus caricias. Sin embargo, si ese hijo era de él, como aseguraba la nota, no dejaría que nadie lo apartara de su lado, ni siquiera su madre.

—¡Contramaestre! —gritó, y el hombre se presentó en el puente como una aparición.

—Capitán —dijo con voz rota a causa del salitre del mar.

—Ordene a los hombres que se preparen para un abordaje.

—Capitán. —Sonrió el contramaestre, echaba de menos un buen ataque—. El objetivo.

—El *Antoinette*.

—¡Marineros! —gritó Saúl con una alegría que no pudo disimular—. ¡Ratas marinas! ¡Moved ese culo! ¡Peter, prepara las armas!

El contramaestre fue gritando órdenes conforme bajaba del puente. Los hombres, al igual que él, se alegraron de nuevo de tener algo de animación. Como marineros al servicio del conde Devereux ganaban dinero y paz, pero con el pirata Devereux la diversión estaba asegurada.

—¡Sí, señor! —gritaron al unísono los nombrados.

Laramie observó a los hombres realizar las diferentes tareas que lo llevarían hasta el *Antoinette*, que se encontraba en la ruta de América, según explicaba el mensaje de Thomas. Esperaba que el clíper fuera más rápido que el barco en el que viajaba la mujer que se había convertido en su condena.

Elena miró el vestido verde que ese hombre le había ordenado ponerse para la cena y empezó a romperlo. En pocos minutos lo hizo jirones. La tela caía a sus pies convirtiendo el camarote en una isla de suaves encajes y sedas. Se colocó su vestido turquesa y negro, pronto no podría ponérselo y se acarició el vientre con ternura.

—Se llamará Adam Matherson. —Elena no se había dado cuenta de que la observaba hasta que escuchó su voz.

—No se llamará así —aseguró la joven con valentía—. Su padre escogerá su nombre.

Matherson emitió una carcajada que heló la sangre de Elena.

—Devereux está muerto.

—Mentira... —aseguró Elena sin mucha convicción.

Debía ser lógica y aceptar que un hombre inconsciente, perdido en el mar, sin víveres ni agua no resistiría demasiado tiempo.

—Sabe que es cierto, para qué negar la realidad. —Roger retiró las capas de seda que yacían bajo sus pies con el bastón de puño de nácar—. Olvide esa vida, usted y yo ya hemos sufrido mucho a causa de ese hombre.

Elena le dio la espalda, de pronto se encontró en el suelo. Supuso que Roger la había empujado, pero el hombre también yacía a sus pies. Algo los había embestido con tanta fuerza que los lanzó a los dos al suelo. Entonces, los gritos se escucharon por doquier. Matherson salió del camarote y la encerró con llave. Elena intentó abrir la puerta, aunque desistió cansada del esfuerzo. Asustada golpeó con los puños y gritó con todas sus fuerzas, nadie acudió a ayudarla. Desalentada aguzó el oído, mientras en cubierta creía que unos piratas tomaban el barco.

Laramie abordó el *Antoinette* sin problemas. Los hombres de Matherson en su mayoría habían sido marinos a su servicio y cuando reconocieron a su antiguo patrón bajaron las armas en señal de respeto. Antro era otra cosa. Se dirigió a Laramie como una bestia sedienta de pelea. Devereux se había enfrentado en el cuadrilátero con hombres igual de corpulentos que Antro e intuyó que con seguridad ese tipo haría un juego sucio. Debía cuidarse de los movimientos bruscos y no dejarse atrapar, si eso ocurría estaría perdido. Antro era más fuerte y más grande que él, si lo bloqueaba no podría defenderse. A diferencia del cuadrilátero allí se pelearían a muerte. Antro empuñaba un puñal. Laramie esperó el primer ataque, si era lo bastante rápido para derrumbarlo tendría una oportunidad.

—¡Cornudo de mierda! —Laramie se limitó a apretar los dientes.

Tenía las tablas necesarias para no dejarse arrastrar por palabras tan insultantes y con la mano le hizo una señal para que lo atacara. El gesto enfureció al Minotauro que tenía delante.

—¿Vas a hablar toda la noche o a pelear? —Eso terminó por irritarlo y Antro se lanzó en una embestida mortal. Laramie era un noble caballero, debía jugar con limpieza. Si bien, dado dónde se había criado y cómo lo había hecho, lanzó una patada directa a los testículos de su adversario, una acción impropia de cualquier caballero y derrumbó al Toro de Minos. Antro se agarró la entrepierna con las dos manos a la vez que un gesto de dolor se apoderaba de su rostro. Laramie escuchó las risotadas de los hombres hasta que unos aplausos las acallaron.

—Muy bien, muy bien. —Roger Matherson se acercó a Laramie y ambos hombres se estudiaron con una tensión contenida.

—¿Dónde está Elena?

Después de comprender lo que decía la nota temió que hubiera dañado a su esposa.

—En su camarote. —Roger no era estúpido, sabía reconocer cuándo había sido derrotado y ahora era uno de esos momentos. Comprendió por el rostro de Laramie que ya conocía la verdad—. ¿Por qué los mataste?

—No lo hice. —Su primer impulso fue salir corriendo en busca de su esposa, pero Matherson necesitaba una explicación de lo acontecido—. Abordamos el *Poseidón*, lanzamos al agua a sus ocupantes y dejamos unas barcas para que subieran a ellas. Tenían que nadar unos pocos metros y estarían a salvo. Uno de mis hombres se peleó con uno de los tuyos y en la refriega prendieron fuego a un fardo de opio. El fuego se extendió con rapidez, los dos consiguieron huir; sin embargo, los gritos de una mujer me alertaron de que alguien más estaba allí abajo. Cuando pude abrir la tapa de la escotilla, el fuego lo había arrasado todo, si no es por uno de mis hombres yo mismo hubiera muerto ese día.

Roger mostraba en sus ojos todo su desaliento, había perdido su apostura digna e intimidatoria habitual. En su lugar, se veía a un hombre hundido por el dolor.

—Lo intenté —siguió explicando Devereux—, traté de llegar hasta ellos. Tienes mi palabra de que ignoraba que estaban allí.

Los ojos de Roger parecían dos gemas gélidas y diabólicas. Enfurecido, agarró una de las lámparas de aceite que uno de los marinos portaba en las manos y con rapidez se dirigió al interior del barco. Cuando Devereux fue consciente de su intención se lanzó sobre él para detenerlo. Saúl lo interceptó y lo derribó de un golpe.

—Esta rata sarnosa necesita un buen baño. —Laramie agradeció con la cabeza el que evitara una desgracia y su contramaestre sonrió—. ¿Qué quieres que hagamos con él? —preguntó, y lo alzó por las solapas de la chaqueta.

Deseaba colgarlo de la vela mayor, aunque eso sería muy poco sufrimiento para lo que se merecía.

—Átalo, que dos hombres lo vigilen día y noche. —Tiró del pelo de Matherson para verle el rostro—. Lo entregaremos a las autoridades inglesas. —Devereux lo soltó y la cabeza del contrabandista cayó a un lado como la de un muñeco roto.

—¡Peter! —gritó el contramaestre—. Pon rumbo a Inglaterra.

Dos hombres arrastraron a Matherson hasta la bodega del barco. Ahora, debía enfrentarse a otro problema mucho mayor, el de recuperar a su esposa.

15

Elena cogió una silla para defenderse de quien en ese momento abriera la puerta. Su respiración agitada mostraba el miedo que sentía. Durante un instante, pensó en Laramie y en cuánto lo amaba. Entonces, la imagen de su esposo ante ella la dejó paralizada. El rostro del conde estaba cubierto de una incipiente barba que oscurecía aún más unos ojos que la miraban con frialdad. El aro de la oreja le sugería que había regresado a su anterior vida, algo que la excitaba y aterraba al mismo tiempo. Qué podía decirle para que la perdonara. Nada de lo que dijera le haría creer la verdad, que todo lo hizo para salvarle la vida y la de su futuro hijo.

—Yo... —susurró, y soltó la silla.

Laramie nada más verla supo que su corazón le pertenecía. Esa mujer era lo que necesitaba su existencia, su otra parte de sí mismo. Su sola presencia le infundía la vida que creía perdida. Estaba arrebatadora con la melena suelta, la respiración agitada y sujetando una silla para defenderse.

—Nunca dañé a la familia de Matherson —pronunció con voz ronca, rogando al cielo por que lo creyera.

—Lo sé —respondió entristecida por haber dudado de su integridad y pensar que era un asesino. Laramie la miró sin terminar de creerla—. Lo supe el día en que comprendí que Matherson era un ser atormentado y que quería vengarse de ti. Me utilizó y lo lamento, no sabes cuánto...

—Volvamos a casa —dijo con voz cansada. Todavía existían muchas cosas que aclarar entre ellos y ese barco no era el mejor lugar para hacerlo.

Asintió apesadumbrada; al menos, había dicho «casa». Albergó la esperanza de que algún día la perdonara, esperaba que así fuera, por el bien de su hijo. Laramie se volvió hacia la puerta y lo siguió con un enorme peso en el corazón. Amaba a ese hombre, lo amaba con desesperación, su vida jamás sería completa sin él y la idea de perderlo la hundía en la angustia. Además, aunque llegara a perdonarla, el resto del mundo lo trataría como un consentido y a ella como a una adúltera. No pudo contener las lágrimas. Al salir del camarote, Laramie la sujetó del brazo para que no tropezara. Elena, entonces, elevó su rostro lloroso hacia su esposo.

—Él me dijo que te mataría y después a él —confesó, y se tocó el vientre.

Laramie hubiera matado a Matherson con sus propias manos al escuchar esas amenazas. Sabía a los comentarios que se enfrentarían después, pero en ese instante, en ese momento en que vio los ojos verdes de su esposa repletos de lágrimas, su corazón claudicó. Después, daba igual lo que pasara, la amaba y cada fibra de su ser reclamaba consolarla. La abrazó con ternura. Ella se deshizo en sollozos que él calmó con caricias.

Charles salió de la habitación de Elena tras reconocerla. Devereux, impaciente, lo esperaba en la biblioteca.

—¿Está bien? —preguntó preocupado el conde, que se pasaba las manos por el cabello en un gesto que mostraba una inquietud más que evidente por su esposa. Charles asintió—. ¿Y el bebé?

—No te preocupes, los dos están bien. Con algo de descanso y sueño se recuperará muy pronto. —Charles vio a su amigo lanzar un suspiro de alivio.

—Según Virginia, Matherson es incapaz de engendrar hijos —dijo con precaución el médico. Se sentó en uno de los sillones y aceptó la copa de brandi que el conde le ofrecía.

—Eso da igual, nadie creerá jamás esa historia. —Se sometería a partir de entonces a todas las calumnias que recibiera sin poder defenderse. Le preocupaba más Elena. Ya había sufrido el rechazo de la sociedad por sus quemaduras y a partir de entonces, además, la considerarían casi una fulana.

El conde bebió de un sorbo su copa y se sirvió otra. Chapdelaine nunca lo había visto tan derrotista, se mesaba el cabello sin darse cuenta de que lo hacía preocupado por cómo se desarrollarían los acontecimientos. Charles quería ayudar a Elena, ella se había sacrificado por conseguir que tuviera a Anna y no saber cómo defenderla lo atormentaba. La puerta de la biblioteca se abrió y su esposa apareció por ella con las mejillas arrebatadas. La belleza de Anna siempre lo excitaba y reprimió su deseo repasando las peores enfermedades que conocía.

—¡Tengo la solución!

Los dos amigos se miraron sin comprender a qué se refería. La joven cerró la puerta y se paseó por la biblioteca con zancadas rápidas y nerviosas.

—Anna... —pidió su esposo con la impaciencia a flor de piel.

—Sé cómo acallar las dudas del hijo que espera Elena. —Anna miró a su hermano y ver el dolor en sus ojos le entristeció.

—Cariño, no hay forma de remediar que la gente hable —sugirió con ternura Charles, le apenaba desalentar de esa forma a su esposa.

—Te equivocas. —Anna negó con la cabeza y una sonrisa triunfadora se dibujó en su rostro.

Laramie miraba con ansiedad a su hermana, se había torturado buscando la manera de exonerar de ese peso a Elena. Si Anna había dado con una solución se lo agradecería eternamente.

—Déjala hablar —insistió con la voz algo pastosa por el alcohol.

Su hermana se detuvo en medio de la habitación con las manos en la cintura frente a su esposo, necesitaba su ayuda para que el plan funcionara.

—Debes pedir a sir Lohan que exponga el cuerpo de Roger Matherson como muestra de un estudio sobre la castración. —La palabra sonrojó a la joven, aunque la idea fue cobrando fuerza en la mente del médico.

—¡Eres maravillosa! —exclamó Charles, y rodeó la cintura de su esposa y la hizo girar como una niña entre sus brazos.

Anna reía de placer, pero dio unos golpes en el hombro de su esposo para que se detuviera. El rostro de su hermano expresaba que no terminaba de comprender lo que ella había expuesto. Charles, al entender lo que ocurría, la dejó en el suelo.

—Te aseguro amigo que —dijo, y apoyó las palmas de las manos en el escritorio donde el conde había dejado la botella de brandi— pronto todo el mundo sabrá que Roger Matherson es un farsante. Correrá como la pólvora que el comerciante de opio es un castrado y, por lo tanto, que el hijo de Elena no es suyo, sino de su esposo.

—¿El presidente del colegio de médicos accederá? —preguntó aún sin creerse que el plan fuera capaz de liberarlos de ese gran peso.

—Lo hará, cuando le explique los motivos —aseguró Charles.

Anna se acercó a su esposo y lo besó en el rostro, mientras le pasaba el brazo por la cintura y la atraía hacia él en un gesto posesivo. Verlos así provocó en Laramie un sentimiento de envidia, necesitaba estar al lado de Elena. Necesitaba sentir su piel, su aroma, necesitaba a esa mujer como necesitaba el aire que respiraba. Sin decir una palabra, salió de la habitación ante el asombro de su cuñado y su hermana.

Laramie se detuvo ante la puerta de la habitación de su esposa, entrar allí suponía la rendición, el reconocimiento de sus sentimientos. Había luchado durante mucho tiempo contra su corazón y había llegado el momento de ser valiente, de encarar sus temores. Abrió la puerta y durante un instante la visión de Elena lo detuvo. Ella miraba por la ventana, vestida con un delicado camisón blanco, su mujer parecía mucho más femenina y delicada. Sus curvas eran una tentación tan imposible de resistir que apretó los puños para controlar la excitación que, después de tanto tiempo, amenazaba con convertirse en la erupción de un volcán. No era un muchacho, pero esa mujer le enardecía la sangre sin ni siquiera proponérselo. Su melena dorada lanzaba destellos brillantes y quiso hundir las manos en esos mechones etéreos. Ella se volvió al notar su presencia. Verlo allí le rompía el alma. Quería compensarlo por el daño que le había causado. Él había querido una perfecta rosa inglesa para restaurar su apellido; en cambio, había conseguido embarrar su nombre, su familia y su hombría. Comprendería que no la perdonara y la repudiara para siempre. Laramie la miraba con aquellos ojos negros que la abrasaban y provocó que sus mejillas se sonrojaran. Se acercó y alzó el rostro para recibir sus palabras, se había preparado para todo, menos para lo que escuchó.

—Te amo. —Laramie apoyó la frente sobre la de su esposa, sus manos caían a los costados, lánguidas, sin fuerza y aspiró. Confesarle algo así había sido liberador. Aspiró el aroma a cítricos que su cabello desprendía.

La joven estaba tan confusa a la vez que tan agradecida que empezó a llorar de felicidad. Laramie la cogió por los hombros y la alejó un poco; su esposa sonreía y lloraba a la vez.

—¿Estás seguro de querer una imperfecta rosa? —le preguntó hipando.

—Estaba ciego —respondió, y acarició las quemaduras de su mentón con la yema de los dedos mientras le susurraba—: Prefiero un ángel quemado.

Laramie la envolvió con sus fuertes brazos y empezó a besarla con ternura. Primero en la frente y después descendió en delicados besos hasta su boca, allí sus lenguas se buscaron desesperadas. Laramie sabía a brandi y a tabaco y con ansias se entrelazaron hasta que el fuego de la pasión los envolvió. Elena necesitaba demostrarle que lo amaba y que nada de lo que se rumoreaba era cierto. Ya habría tiempo para las palabras, ahora eran sus cuerpos los que exigían explicaciones. Rodeó su cuello con los brazos y frotó sus pechos contra el cuerpo de su esposo. La fina tela del camisón mostraba la excitación de la joven y Laramie le demostró la suya estrechándola en un abrazo de acero. Las manos de su esposo se habían vuelto exigentes y ansiosas al igual que las suyas. No tenían tiempo para desnudarse. Le alzó el camisón y ella con manos temblorosas le desabrochó los pantalones. Laramie la alzó en brazos y a horcajadas entró en ella. Elena lo recibió con un placer inimaginable. No había tiempo para caricias, para deleitase con suavidad el uno en el otro. Solo los embargaba una necesidad primitiva, una fuerza salvaje con la que cada uno debía marcar su territorio, casi como un animal. Cada embestida la colmaba de placer, orgullo y feminidad, mientras que para el conde era la manera de recuperar su hombría maltrecha. Cuando ambos alcanzaron el clímax, Elena gritó presa de un placer insospechado. El conde la llevó a la cama y le quitó el camisón. Durante un instante, contempló el bello cuerpo desnudo de su esposa. Por puro deleite lamió los pezones erectos, saboreó cada uno de ellos con lentitud y dedicación. Los gemidos de placer de Elena aumentaban su excitación. Pronto, los vería amamantando a su hijo y eso le causó orgullo.

—Nunca me tocó —aseguró temerosa de que no la creyera. Si esa duda no se despejaba en su matrimonio jamás lo superarían, después de confesarle que la amaba.

—Lo sé —confirmó Laramie. Su mano descendió hasta uno de los muslos de su mujer. Elena contrajo el cuerpo de gozo al notar cómo su esposo acariciaba con fruición su intimidad haciendo que se colmara de nuevo de voluptuosidad. Sus ojos brillaban invadidos por la lujuria.

—¿Me crees? —preguntó sin dejar de mirarlo a los ojos, y recorriendo con las yemas de los dedos su pecho. Cada caricia marcaba a fuego la piel de Laramie, pero cuando su pequeña mano se entretuvo en el vello rizado de su bajo vientre, el conde supo que viajaría a la Luna si ella se lo pedía.

—No siempre fue así —se sinceró Laramie, y se retiró de ella un instante. Para Elena era un tormento la espera, su esposo se mantenía a las puertas del paraíso sin cruzarlas.

—¿Qué ha cambiado? —Elena ignoraba que Matherson era un eunuco, su pregunta provocó en Laramie una sonrisa.

Su esposa movió las caderas de forma indecorosa intentando atrapar su miembro erguido. Él huyó como una presa ante un cazador. El rostro de la joven mostró la desilusión por su comportamiento.

—Matherson es un castrado. —Elena emitió un pequeño grito cuando se introdujo en su interior de forma inesperada, sin avisar y con toda su bravura hasta el mismo centro de su ser. Miró los ojos de su esposo y comprendió por qué lo había hecho al mismo tiempo que decía esas palabras. Entonces, acarició su rostro con ternura. Su comportamiento había sido infantil y posesivo, una mezcla necesaria para reafirmar su estima.

—Nadie lo creerá —susurró, mientras el cuerpo de Laramie se mecía en su interior con lentitud.

—Cariño, lo harán, te juro que lo harán. —Elena clavó las uñas en la espalda de su esposo y se abandonó a la lascivia hasta encoger los dedos de los pies.

—Laramie... deja de hablar y dame placer o te juro que mañana el desayuno de la señora Williams será el menor de tus problemas.

Devereux sonrió al ver que su esposa había recuperado la costumbre de ser deslenguada en la cama.

—Sus deseos son órdenes, condesa —contestó, y Elena fue incapaz de pronunciar nada coherente durante un buen rato.

El día en que Londres disiparía las dudas acerca de la paternidad de su esposo, Elena temblaba como un pudin mal cocinado. Se retorcía las manos mientras la señora Williams le ajustaba el sombrero.

—Todo irá bien —aseguró Marta.

La joven forzó una sonrisa como respuesta. Su rostro se asemejaba más a una condenada a la hoguera que a una persona que pronto sería exonerada de culpa.

—¿Estás preparada? —Laramie entró en la habitación y besó a su esposa con ternura en los labios. La señora Williams se retiró con discreción, entristecida por la desgracia caída en la casa.

—¿Y si no funciona? —Los ojos preocupados de su esposa lo atormentaron.

—No me importará, nada en este mundo merece la pena si no estás a mi lado —dijo en un alarde de amor que avergonzó incluso al mismo conde.

Elena le sonrió. Conocía la crueldad del mundo, la animadversión hacia gente como ella, y las dudas anidaron en su corazón al pensar que no soportaría la presión de las críticas, las mofas y los comentarios. Y, cuando su hijo tuviera edad suficiente para comprender, intentarían dañarlo utilizándola para ello y eso lo destrozaría. Ella no lo iba a permitir. Si el plan de Anna no salía bien, dejaría a su hijo con su padre y desaparecería. Las lágrimas brotaron sin querer y escondió el rostro entre las manos. Laramie mataría a ese hombre cien veces por lo que estaba haciendo sufrir a su esposa. Confiaba en Charles, en lo que había preparado y en las lenguas viperinas de la sociedad londinense.

Dos horas más tarde, Elena se sentó en uno de los bancos de madera del colegio médico en compañía de su esposo. Laramie le estrechaba las manos para infundirle valor, aunque en realidad quería escapar de allí, salir corriendo de las miradas burlonas, críticas y odiosas de los colegas de Charles. Médicos de reconocido prestigio cuyas esposas se encargarían, según aseguró

Anna, de promulgar a los cuatro vientos la inocencia de Elena. Veía los ojos de esos honorables miembros de la sociedad clavados en ella como puñales afilados haciéndola sentirse como el ser más despreciable de la Tierra. Charles hizo su entrada y los murmullos enmudecieron.

—Señores, condesa —dijo, y miró a Elena, la única a la que habían permitido la asistencia como parte del plan. El joven médico vestía una inmaculada bata blanca, encima de un impecable traje oscuro. Elena reconoció que en su papel de médico estaba impresionante—, se les ha convocado con la intención de estudiar un caso muy especial.

Laramie aplaudió en su interior el ingenio y la capacidad de oratoria de su cuñado. Charles había discutido esa mañana con Anna. Los gritos habían traspasado las paredes, no le envidiaba estar casado con alguien con el carácter Devereux. Su hermana le exigía asistir a la exposición, pero no se permitía la entrada de mujeres. Anna se había sentido dolida ya que había sido la artífice del plan, así que conociendo a su hermana, durante las siguientes semanas Charles dormiría en la habitación del fondo del pasillo. En ese instante se alegró de que Anna hubiera tenido el valor para enfrentarse a su estúpida decisión, cuando un hombre como Charles era el mejor esposo que deseara para ella. Su amigo continuó con el discurso.

—Un caso que supondrá un hito en la medicina. Por favor, traigan al paciente —pidió con un gesto casi teatral.

Dos enfermeros entraron arrastrando una camilla.

Roger Matherson venía en ella y estaba inmovilizado con correas en los pies y en las manos. Una mordaza impedía que hablara. El hombre se agitaba con desesperación. Cada vez que se movía las correas se ceñían más a sus tobillos y muñecas. La mordaza que le impedía hablar estaba mojada con vinagre y sentía que se ahogaba en su propio vómito. Matherson miró a Charles con la esperanza de que el muchacho tuviera compasión. El médico lo ignoró y miró con atención a los asistentes, quienes empezaban a murmurar a qué se debía todo aquello.

—El caso que nos trae aquí es extraño —continuó Charles—, ya que se asegura que la condesa Devereux —dijo, y señaló a Elena, quien hubiera cavado un agujero en el suelo y metido la cabeza dentro— espera un hijo de este hombre.

Charles retiró la sábana y dejó al descubierto el cuerpo desnudo de Matherson. Los murmullos dieron paso a los comentarios. Pero Charles no había terminado.

—¡Señores!, por favor, un poco de silencio —pidió a gritos, y los asistentes poco a poco acallaron sus murmullos—, sir Lohan —pidió—, ¿es tan amable de confirmar cuándo se produjo la castración del señor Matherson?

El nombrado, médico personal de la reina Victoria, se ajustó las lentes sobre la nariz aguileña. Con un gesto cómplice con Charles, uno de sus mejores alumnos, descendió de la tarima y se dirigió a examinar al paciente. Carraspeó dos veces para intensificar el momento dramático antes de hablar.

—Calculo que alrededor de unos diez años. La cicatrización es antigua.

—Gracias, sir Lohan —continuó Charles—. Entonces, dada su reconocida experiencia, ¿puede asegurar que este hombre es incapaz de engendrar hijos?

—Así es.

El médico regresó al asiento acompañado por los murmullos y cuchicheos que alimentarían el morbo en más de una fiesta. El presidente, toda una eminencia médica, había dejado claro que Matherson no podía ser padre. De todos modos, uno de los presentes, un prestigioso médico, pero con una reconocida envidia hacia el profesor Lohan, se puso en pie.

—Señores —pidió, y alzó las manos en un gesto de pedir silencio—, a pesar de la evidencia no sería el primer caso en el que un castrado engendre hijos.

Un murmullo y varias risas se extendieron por la sala. Devereux miró al médico con ganas de asesinarlo y Elena apretó su antebrazo para que se calmara.

—Dígame un caso, solo uno que demuestre su teoría —le retó Charles.

Laramie esbozó una sonrisa de triunfo, aunque Clarens, que así se llamaba el médico, no se achantó.

—El castrado Joseph Allard, del condado de Sussex, hijo de un molinero y una cocinera. Es más que demostrado que fue capaz de tener hijos, todos y cada uno de ellos nacieron con una marca en la espalda que su padre también tenía.

Charles había previsto todas las opciones y esa vez se dispuso a dar su estocada final.

—Tiene razón —dijo, y Laramie casi se pone en pie

si su esposa no le hubiera retenido con el temblor que embargaba su cuerpo—, pero he de aclarar dos puntos. —Charles se dirigió al resto de los médicos—. Nuestro compañero, el doctor Clarens, está en lo cierto, el señor Joseph Allard engendró tres hijos y todos ellos con una clara evidencia de que eran suyos. Sin embargo, nuestro distinguido colega ha omitido un dato importante.

En ese punto todos miraban al médico y este alzó una ceja en señal de desconfianza.

—El señor Joseph Allard disponía de un testículo —prosiguió. Miró a Elena y añadió—: Disculpad el lenguaje inapropiado para una dama, pero es necesario si queremos aclarar cierto punto. —Elena asintió sonrojada y bajó la barbilla hasta rozarse el pecho—. Como decía, el señor Joseph Allard disponía de un testículo —repitió—, en cambio, el señor Matherson carece de los dos. Es del todo imposible que este hombre sea fértil. De hecho, no existe ningún manual, caso o prueba que lo demuestre. Le recomiendo que se lea el ensayo presentado por el doctor Brown sobre las segregaciones de esa parte de la anatomía del señor Matherson. Seguro que llega a la misma conclusión que el resto de sus colegas médicos.

—¡Cómo se atreve! —exclamó indignado—. Todo por una... —Esa vez Laramie se puso en pie dispuesto a pelearse con cada uno de esos hombres si se atrevían a insultar a Elena.

—¡Clarens! —intervino sir Lohan—, ¡cierra de una vez la boca! Si no eres capaz de aportar una prueba en contra de lo que nuestro colega Chapdelaine y yo mismo hemos presentado, será mejor que dejes la sala. —El aludido se puso su sombrero, cogió sus guantes y antes de marcharse dirigió una mirada de desprecio a los condes Devereux—. Les aseguro que es cierto todo lo que el doctor Chapdelaine ha dicho, Roger Matherson no puede ni podrá jamás engendrar hijos.

Después, los asistentes igual que un enjambre obedeciendo a su reina asintieron y aplaudieron la intervención de sir Lohan. Charles miró a Laramie y sonrió.

—Como entenderán, si la condesa Devereux espera un hijo de este hombre, casi podemos considerarlo un milagro y ustedes, al igual que yo, saben que en medicina no existe tal cosa —añadió Charles. Luego, se acercó al paciente y le susurró—: Mataste a mi hermano —casi escupió esas palabras—. Haré todo lo que esté en mis manos para que a partir de ahora tu vida sea un infierno.

Matherson enrojeció de cólera al oír las palabras del médico. Los camilleros se lo llevaron mientras señalaban la parte de su anatomía de la que todo el mundo hablaría a partir de entonces.

Laramie agarró del codo a Elena y la sacó de allí bajo las miradas avergonzadas de los asistentes. Esperaba que todo por lo que había pasado su mujer sirviera de algo.

—Matherson no se merecía esto —dijo apenada cuando nadie podía escucharlos.

—Quizá no y lo lamento. Era la única manera de limpiar tu reputación y de conseguir que nuestro hijo no sufra por ello. Además, jamás olvidaré lo que te hizo padecer, ni las dudas que sembró entre nosotros. El que me acusara de la muerte de su familia lo entiendo, pero intentar apoderarse de la mía es algo que no le perdonaré nunca.

Elena asintió complacida por sus palabras. Al final, había conseguido lo que siempre había anhelado, una familia. De todos modos, en el fondo se sentía culpable por haber humillado a alguien de esa forma.

—¿Qué será de él? —preguntó Elena.

—Las autoridades chinas han pedido su extradición. Quieren que cumpla condena en su país por tráfico de opio y el primer ministro ha accedido.

—Había perdido a su familia. —Se sentó en el carruaje que la esperaba a las puertas del colegio médico.

Laramie estrechó sus manos con un amor infinito antes de contestar.

—Quiero que entiendas que haría cualquier cosa por no perder la mía.

Golpeó el techo del carruaje para que los llevara a casa. Ahora, debían aguardar a que el animal salvaje que era la sociedad londinense aceptara las nuevas noticias.

Elena subió a su habitación algo abatida, Laramie la siguió. La cogió en brazos y entró con ella en el dormitorio.

—¿Qué haces? —preguntó con rostro ilusionado.

—Tener una noche de bodas en condiciones. —Ella sonrió y achinó los ojos con malicia cuando la dejó en el suelo.

—Todavía recuerdo la última.

—Me muero de ganas por tenerte de nuevo a mi merced de ese modo —sugirió seductor—. Estabas maravillosa y te juro que necesité toda mi voluntad para dejarte de esa manera sin probar la fruta que me ofrecías.

Elena cogió uno de los libros de la mesilla de noche y a punto estuvo de lanzárselo a la cabeza. Laramie la interceptó y sujetó sus muñecas. La estrechó entre sus brazos y besó sus quemaduras. Elena lo amaba por eso, por demostrarle que no le importaba esa parte de su cuerpo y de sí misma que tanto le había hecho sufrir.

—¡Maldito sea! ¿Crees que puedes tenerme todo el día esperando?

—Algún día tendremos que corregir ese lenguaje, condesa —la amenazó con un brillo tan lascivo en la mirada que Elena se sonrojó.

—Ese día aún no ha llegado —respondió ella con voz melosa.

Laramie la tumbó en la cama y Elena se sintió, por fin, tan hermosa como una perfecta rosa inglesa.

Agradecimientos

Agradezco a Luisa Fernández Melo (con su segundo apellido) por sus sugerencias para mejorar la historia tras una noche sin dormir. También a María José Ruiz (mi primera profesora de creación literaria) por sacar brillo a esta novela, sin su buen hacer no habría sido la misma. Y por supuesto, a Maribel Sanabria, por nuestras lecturas en voz alta y nuestros cafés. Sus comentarios siempre me ayudan a ver con claridad lo que conviene al texto. Gracias por creer en mí.